CORRESPONDANCE

INÉDITE

DE CARNOT

AVEC

NAPOLÉON,

PENDANT LES CENT JOURS.

On vient de mettre en vente chez le même Libraire :

Cours de politique constitutionnelle, par M. BENJAMIN-CONSTANT. Six parties en 3 vol. in-8°. Prix, 24 fr.

La dernière partie est terminée par *les Réactions politiques*, *la Contre-Révolution d'Angleterre*, et une *Table analytique*, qui était indispensable.

Mémoires pour servir à l'histoire d'un homme célèbre (NAPOLÉON) 2 vol. in-8°., *ouvrage tres-curieux*. Prix, 9 fr.

Mémoires de Fouché, *duc d'Otrante*, contenant sa correspondance avec S. M. Louis XVIII, le comte d'Artois, le duc de Wellington, le comte Blacas, etc. 2me. édition. 1 vol. in-8°. Prix, 2 fr. 50 c.

Correspondance de Napoléon avec Carnot, pendant les cent jours. 1 vol. in-8°. Prix. 2 fr.

La Manifestation de l'esprit de vérité, ouvrage mystique, par M. Alexis DUMESNIL. 1 vol. in-8°. Prix, 2 fr. 50 c.

Le Code d'instruction criminelle en harmonie avec la Charte et l'humanité, par M. CARNOT, Membre de la Cour de Cassation. 1 vol. in-8°. Prix, 2 fr. 50 c.

La Cour-Plénière dans l'île de Parlas; par le général ****. Prix, 1 fr.

Le Marquis d'Œdipe, ou *La Clef de la Cour-Plénière de l'île de Parlas*, par le général ****. In-8°. Prix, 1 fr. 25 c.

Sous presse :

Histoire de la république d'Haïti, ou *Saint-Domingue*, *l'esclavage et les Colons*. 1 vol. in-8°., par M. DEGASTINE, auteur *de la Liberté des peuples*.

DE L'IMPRIMERIE DE J.-B. POULET,
QUAI DES AUGUSTINS, N°. 9.

CORRESPONDANCE

INÉDITE

DU GÉNÉRAL CARNOT

AVEC

NAPOLÉON,

PENDANT LES CENT JOURS.

A PARIS,
CHEZ PLANCHER, LIBRAIRE, RUE POUPÉE; N°. 7.

1819.

SUR CARNOT.

(*Justum et tenacem.*)

Il y a un vulgaire parmi les hommes célèbres, comme il y a un peuple parmi les lecteurs : pour ceux-ci, la curiosité rassasiée est la béatitude ; et pour ceux-là, la vanité chatouillée est le premier des biens. Aux uns et aux autres, il faut des événemens ; comme aux amateurs de romans, il faut des aventures. La révolution est arrivée bien à point pour assouvir l'appétit de tous ces gens-là.

Des lecteurs d'un goût plus délicat, veulent des héros d'une nature moins triviale ; et ces derniers, à leur tour, moins avides d'être connus que friands d'être estimés, préfèrent un suffrage qui raisonne aux battemens mécaniques de ces mains officieuses qui déshonorent ceux qu'elles applaudissent.

Carnot doit être ainsi. En ma qualité de spectateur du mélodrame qui se joue depuis trente ans sur tous les tréteaux politiques de l'Europe, je l'ai vu plusieurs fois, mais de loin, et ne lui parlai jamais. Toutefois, je crois le connaître ; car, au rebours des biographes qui, comme les algébristes, procèdent toujours du connu à l'inconnu ; moi, je dédaigne les faits, et n'y attache de prix que par l'intention qu'ils révèlent. Il y a mille faits qui ne signifient rien ; il y en a cent qui signifient trop : appréciez donc un homme sur l'excès ou par le défaut ! La méthode d'un jury vaut mieux : il monte aux causes, met la main sur le cœur, compte les pulsations et saisit la volonté. L'homme est tout dans sa volonté. J'ai pénétré celle de Carnot, je le connais donc.

Mais cette étude est pour moi. La montrer aux autres, est-ce bien la leur faire connaître ? Je ne le crois pas. Puis-je donner à des paresseux l'activité de la pensée, qui seule pénètre les entrailles ? Ensuite, ai-je des couleurs pour exprimer mes sensations ? Je me borne donc à esquisser une ébauche solitaire, dont les linéamens grossiers, mais francs, ne donneront que la partie saillante d'une physionomie qui a beaucoup de la rudesse de Caton, et quelque chose de l'aménité de César.

Trois cents premiers rôles peut-être ont paru dans la tragi-comédie que l'opiniâtreté oligarchique force et forcera la France de jouer long-temps encore : combien, parmi ces rôles, y en a-t-il qui ne se soient pas dementis, c'est-à-dire qui n'aient pas pris leurs opinions dans leurs intérêts ? *Il en est jusqu'à trois*, a dit Boileau, en parlant des femmes chastes ; la pudeur politique est pour le moins aussi rare : pour la foule rampante de caméléons successivement *tricolores* par fièvre, *rouges* de peur, *blanchissans* par bêtise, *verts* d'orgueil et de coupable espoir, où sont les vrais immobiles ? Pour un La Fayette, un Lanjuinais, un Carnot, que de girouettes au *Forùm*, dans le Sanctuaire, sur le Parnasse ! Toutefois, ne calomnions pas trop l'espèce dont il ne faut que médire : ce n'est pas tant *propter nummos* que tout cela tourne, mais par vanité et surtout par inconséquence. Tel, au 19 mars, avait juré au Roi de mourir avec lui, qui, le 20, s'est tout-à-coup résigné à vivre avec l'Empereur ; et cela, sous prétexte que, dans un serment, il y a contrat, et que l'une des parties disparaissant, avait délié l'autre. Les sottises verbales sont à l'arrière-garde des sottises en action.

Dans le cours d'une longue vie, Carnot n'a pu en dire, parce qu'il n'en a point fait ; et il n'en a fait ni pu en dire, parce qu'il a une âme, du sens, un caractère. En s'embarquant dans une action, il s'en est toujours prouvé ou la nécessité ou l'utilité : il a arrêté son départ à point fixe, calculé ses moyens de traversée, et tenu l'œil ouvert et la main tendue vers le but. Souvent entraîné loin de ce but, il ne s'en est jamais écarté. C'est que le principe de son action est dans lui : c'est en morale, dans les sciences, dans l'administration, en politique, en littérature même, la probité. Sans la probité, en effet, qu'est-ce que le patriotisme ? un beau manteau à l'égoïsme. L'indépendance, la liberté des nations sont admirables, et la dignité de leur gouvernement est un vrai besoin ; mais Carnot soutient que, sans conscience, elles conduisent droit à l'anarchie, à l'asservissement, au despotisme.

Que j'observe les diverses phases de la carrière politique de Carnot ; dans chacune je vois poindre la qualité qui la distingue : précocité dans l'enfance, maturité dans la jeunesse, activité dans l'administration, douceur sous les armes, inflexibilité en politique, courage et modestie durant la proscription. Qui plane sur ces qualités qu'un homme ordinaire ne concilia jamais ? la conscience. Elle lui dicta l'éloge de Vauban, le soutint durant le siége d'Anvers, défendu pour la patrie, et au nom de l'homme extraordinaire qu'il admirait et n'aimait point ; sa conscience criait aussi, quand *seul*, dans un tribunat républicain, il refusa de constituer le despotisme héréditaire ; et jamais cette conscience n'avait parlé plus haut que quand il prononça que l'homme innocent doit mourir, lorsqu'il est devenu Roi coupable. Oui, Carnot eut le malheur d'être convaincu que l'infortuné Louis XVI était parjure et traître, puisqu'il vota sa perte ; j'insiste sur ce point, et c'est exprès ; car si ce vote, que l'esprit de parti a rendu trop fameux, n'eût point été la libre expression d'une conscience forte de sa moralité, et qui se croit sûre de ses lumières, Carnot eût été, il serait encore un scélérat. Qui pourtant oserait le dire, qui entreprendrait de le démontrer?

Sous la poussière des bureaux administratifs, il crée quatorze armées, et les envoie, non aux conquêtes, mais à la victoire.—Mille héros, les mains pleines de palmes, rentrent au sein de la patrie, que d'absurdes factions meurtrissent ou égorgent : sous des forêts de lauriers, ils cachent la honte des échafauds. Robespierre alors écrivait, en lettres de sang, son nom dans des cœurs dévorés de vengeance : celui de Carnot, dicté par l'honneur à nos braves, était répété par la reconnaissance.

Aux pâles menaces des triumvirs, Carnot répond par des succès : ils ménagent, en frémissant, celui dont la gloire, aussi pure qu'elle est utile, fait pallier la célébrité de leurs forfaits. Cependant, comme un météore, le 9 thermidor déploie sur l'horizon politique, ses attaques vengeresses : l'insolence du tyran, montée au comble, se retourne contre lui; ses complices, maladroitement assaillis, renversent sur sa tête livide cette coupe de sang où il buvait tous les crimes. Il tombe, et Carnot respire. Mais bientôt on prétend le faire succomber.

Le 9 thermidor est un saint jour : la réaction, qui s'en empara, sortit, sanglante et armée, des enfers. Au nom de la patrie, elle calomnia les patriotes; de par la république, elle proscrivit les républicains. Que voulait-elle? ce que voudra toute réaction aristocratique, la ruine de la liberté et le châtiment de ses amis.

A ce titre, Carnot fut attaqué. Lui qui avait sauvé la France de sa perte et du déshonneur, il fut accusé de l'avoir déshonorée, de l'avoir perdue. Une stupide faction qui dissimule, par le fracas de son orgueil, l'exiguité de son nombre et la petitesse de ses moyens, cria que la victime de Robespierre en était le complice: il a organisé la victoire, voulait-on bien avouer, mais pour que le tyran en recueille les fruits. Enfin, ceux que le sort avait fait ses juges, comprirent qu'en le condamnant, ils ouvraient les tables de leurs propres proscriptions. Le rire affreux de l'aristocratie alongeant ses ongles pour déchirer sa proie, les avertit sur eux-mêmes. Un peu de honte, beaucoup de peur, sauvèrent Carnot.

Le Directoire fut la continuation *en costume* du Comité de salut public. Moins atroce et moins grand, prudent plutôt que sage, irrésolu, tiraillé, il commença au milieu de la lassitude publique; et quoique sommeillant, il parut agir, parce que tout dormait. Après une période, que le temps a déjà ensevelie dans son sablier, il s'éteignit par le mépris.

Cependant, sa convulsive existence s'est attachée à l'histoire par trois à quatre crises dont le ridicule eut une saillie atroce. Voulant proscrire et ne l'osant, ces Sylla bourgeois crurent signer la vie en ajournant la mort. La couleur du sang eût effrayé leurs nerfs; mais l'imagination, moins pusillanime, leur peignit comme riantes et saines les plages empestées de Synamari : en conséquence, ils ne tuèrent pas; ils se contentèrent de déporter. En faveur de leur bêtise, nous commençons à excuser cette cruauté. Quant aux victimes, elles l'ont pardonnée.

Carnot, échappé à l'une et à l'autre, erra proscrit, inconnu; mais fier, innocent et peu vain d'une chute aussi honorable.—Quoique grave, la plume de cet homme trouve souvent des touches gaies; et le géomètre ne calcule pas toujours. Mais que dis-je ? dans certaines circonstances, l'éclair de l'esprit, les jeux de l'ironie ne sont-ils pas de vrais calculs ? Aux sourdes impostures, à l'absurdité, à la gaucherie des accusations, quelles défenses plus triomphantes à opposer que la raillerie ? Quand sur les pas de la vérité toute nue folâtrent les sarcasmes, le mensonge roide et apprêté pourrait-il résister ? C'est ainsi que, dans son écrit sur le 18 fructidor, Carnot livra aux sifflets de l'Europe les rois du Luxembourg. Leur trône ébranlé s'en alla en pièces quelque temps après.

Bonaparte, pressenti par Carnot, avait

reçu, pour prix de la conquête de l'Italie, un exil en Egypte. Là, on ne se battait pas pour envahir, mais pour coloniser; et la civilisation eût été le seul asservissement imposé par le vainqueur. Mais tandis qu'une autre France germait aux rives du Nil, l'incapacité déshonorait la France de la Seine et de la Loire. Bonaparte, averti, s'élance, arrive, reconnaît les lâches qui flétrissent la pourpre, les frappe ou plutôt les disperse, et des débris de leurs chaises curules il se prépare un trône. A cette époque, qui suspendit les proscriptions, et sembla terminer les troubles révolutionnaires, Carnot fut rappelé.

Ministre de la guerre, il aurait continué à ramener la victoire sous les drapeaux républicains, si l'homme que le ciel fit éminemment despote pour sauver cent fois la France et la perdre une, n'eût pas dès-lors médité la fin de la république. Notre glorieuse et malheureuse France pouvait-elle conserver sous cette forme antique son existence moderne? Si les faits sont des réponses aux principes, cette question n'est plus à débattre : Napoléon la résolut; et l'Europe, hormis l'insulaire ennemi de la France, applaudit durant dix ans. Pour cette fois, le sincère Carnot sembla d'accord avec Pitt le machiavélique. Au conseil, au tribunat, Carnot défendit la démocratie expirante : les crimes des rois lui avaient enseigné la république ; et après quinze ans de sacrifices, il ne voulait pas que la France, qui n'a eu qu'un Louis IX, qu'un Louis XII, qu'un Henri IV, s'exposât à gémir sous un Louis XI, sous un Charles IX, ou à végéter dans l'ignominie de dix rois fainéans.

A mesure que l'empire grandissait, Carnot s'obcurcissait. L'ex-directeur cultivait ses légumes comme Dioclétien à Salone, quand, pour se garantir des excès de son envahissante ambition, l'Empereur invoqua le secours des hommes modérés. Point de force sans modération. Quand Napoléon commença à comprendre ce principe, il n'était plus en état d'en profiter. Carnot, dans Anvers attaqué, défendit la France menacée, et la défendit en tacticien consommé, en sujet fidèle, et surtout en citoyen sensible à l'honneur. Le siège de cette place importante eût immortalisé Carnot, si déjà l'histoire n'avait buriné son nom ; et ce nom, au lieu d'être proféré avec horreur au milieu des ruines, se lit aujourd'hui tracé par la reconnaissance sur les murs qu'il a sauvés.

Après l'évènement du 30 mars, Carnot fit prendre à la garnison qu'il commandait, les nouvelles couleurs que le Roi venait de proposer à la nation qui l'appelait au trône. Quel dommage que ce prince, peu instruit alors des intérêts d'un pays qu'il avait quitté depuis un quart de siècle, ait mal accueilli ce grand citoyen! Son expérience nous eût préservés de l'amère leçon du 20 mars. Les résultats de cette expérience, déposés dans un écrit devenu depuis si célèbre, furent offets au Roi, qui, de lui-même, les aurait agréés et utilisés; mais l'incurable faction des orgueilleux ne permit pas à un républicain converti au régime de la Charte, de sauver la monarchie. Elle ne périt pas, mais s'éclipsa; et comme il s'agissait de préserver la France du double fléau de l'invasion et de l'anarchie, Carnot accepta le portefeuille de l'intérieur (1).

Après la seconde abdication, qu'il provoqua, il maintint l'armée, et préserva Paris des dangers d'un siége, et peut-être des horreurs d'un sac (2).

Porté sur l'ordonnance anti-constitutionnelle du 24 juillet, Carnot, exilé, reçut des puissances qu'il a vaincues, un asile que lui refuse encore la France qu'il a sauvée.

J.-B.-J.-I. PH.

---

(1) Les lettres qu'on publie sont extraites de sa correspondance officielle ou confidentielle avec Napoléon durant les cent jours.

(2) Voyez, pour les détails biographiques, les dictionnaires des hommes vivans, et surtout l'estimable ouvrage de M. Rioust, intitulé CARNOT.

A S. M. L'EMPEREUR NAPOLÉON.

SIRE,

Aussi long-temps que le succès a couronné vos entreprises, je me suis abstenu d'offrir à Votre Majesté des services que je n'ai pas cru lui être agréables. Aujourd'hui, Sire, que la mauvaise fortune met votre constance à une grande épreuve, je ne balance plus à vous faire l'offre des faibles moyens qui me restent. C'est peu de chose, sans doute, que l'effort d'un bras sexagénaire; mais j'ai pensé que l'exemple d'un ancien soldat, dont les sentimens patriotiques sont connus, pourrait rallier à vos aigles beaucoup de gens incertains sur le parti qu'ils doivent prendre, et qui peuvent se laisser persuader que ce serait servir leur pays que de les abandonner.

Il est encore temps pour vous, Sire, de

conquérir une paix glorieuse, et que l'amour du Grand Peuple vous soit rendu. (1)

CARNOT.

Paris, 24 janvier 1814.

---

(1) Napoléon reçut cette lettre dans la nuit du 25 janvier, et le lieutenant-général Carnot fut nommé aussitôt gouverneur de la place d'Anvers.

CORRESPONDANCE DU GÉNÉRAL CARNOT AVEC NAPOLÉON,

PENDANT LES CENT JOURS.

LETTRE PREMIÈRE.

Sire,

Au retour de l'entrevue dont il a plu à Votre Majesté de m'honorer, je m'empresse de lui faire connaître ma détermination. Elle m'a proposé deux objets qui, d'abord, peuvent sembler liés et dépendans, mais, qu'avec un peu de réflexion, l'on doit trouver séparés et distincts : ma coopération à l'évènement du 20 mars, et mon acceptation du ministère de l'intérieur. Je commence par déclarer à Votre Majesté que j'accepte le ministère, non-seulement sans répugnance, mais avec satisfaction. Dans la crise où se trouve l'Etat, je crois pouvoir le servir; et les circonstances sont telles, que je ne puis me dévouer à l'Empereur, sans me dévouer à la patrie et à la liberté. Un malheur commun les a, pour cette fois, liés indissolublement; et Votre Majesté a déjà compris que tous ses efforts doivent tendre à resserrer ce nœud tissu par la nécessité. Rétabli par cette nécessité inflexible, l'Empereur commencera donc à régner par la volonté publique, et pour être digne de commander à tous, il se glorifiera d'obéir à l'opinion. A cette condition, Sire, je me glorifierai moi-même d'être le ministre le plus zélé de Votre Majesté, comme j'en suis le serviteur le plus fidèle.

Mais, Sire, c'est au nom même de cette fidélité, c'est pour conserver à ce zèle toute sa pureté, que je refuse formellement toute coopération politique à la révolution du 20 mars. Qu'elle se soit opérée, non-seulement par la puissance physique de l'armée, mais par l'assentiment moral de la presque totalité des citoyens, c'est, sans contredit, ce qui est démontré: et sans cette démonstration, ma conscience ne me permettrait pas d'y adhérer, puisque je risquerais de l'engager à une factieuse minorité ; mais cette conscience, qui approuve des résultats amenés par une majorité incontestable, craindrait de se compromettre en touchant aux ressorts qui les ont déterminés. Vous seul, Sire, avez dû monter ces ressorts, puisque vous seul, organe de la nation, dont la violence vous avait enlevé le trône, aviez le droit de parler en son nom. Elle ne vous a point démenti, et vous êtes justifié. Mais, tandis que vos droits sommeillaient, une autre main en accomplissait l'exercice, et l'amour de la patrie, le besoin de la paix, vos ordres mêmes, nous avaient soumis à cette puissance de fait. Tant qu'elle domina, notre fidélité, première et peut-être unique base de sa tranquillité, a dû rester, elle est restée inaltérable, et ce serait la dégrader que de participer à l'œuvre dont le succès nous en délivre. A vous uniquement, Sire, appartient l'accomplissement de cette œuvre commencée par vous. Vous ne fûtes point coupable en la tentant, je deviendrais complice en y coopérant. Terminez-la donc vous-même, et, comme aux jours de votre gloire, redevenez le pôle sur lequel roule désormais le monde politique. Le besoin de l'honneur, la soif de la liberté, le désir de l'ordre et la volonté de l'indépendance ont ébauché cette révolution héroïque, à laquelle fut conduit un peuple par son chef accoutumé à vaincre : encore cette fois que la victoire les justifie ! Mais, Sire, pardonnez à cette réflexion : sans la modération, que serait la victoire, comme sans la liberté, que deviendrait le bonheur ?

Paris, 22 Mars 1815.

LETTRE IIe.

Il m'est pénible, Sire, d'avoir toujours à répondre à vos offres par des refus ou par des distinctions : les uns doivent vous sembler insultans, les autres peuvent vous paraître des subtilités. Général et souverain, Votre Majesté connaît mal les gradations de l'obéissance et les nuances de la soumission. L'une et l'autre qui ne sont, dans un soldat, souvent même dans un sujet, qu'une sensation formée par l'habitude, quoiqu'ennoblie quelquefois par le sentiment, peuvent et doivent se montrer, dans un citoyen, sous une forme moins servile : si le sentiment les provoque, que du moins la raison les légitime. C'est elle, c'est cette raison qui, au premier mouvement, m'avait conseillé de refuser le titre de *Comte* dont Votre Majesté a jugé à propos de me revêtir ; c'est cette même raison qui, mieux éclairée, me détermine à l'accepter. Daignez ne pas regarder comme des scrupules vains les motifs qui ont appuyé, en deux sens opposés, ces deux résolutions qui d'abord pourraient sembler contradictoires.

La France sait si je l'aime, et Votre Majesté n'ignore pas que je cesserai de vivre, quand je cesserai de lui être fidèle; cependant, lorsqu'il fut question de donner à la France l'institution monarchique de la Légion-d'Honneur, je m'y opposai par devoir autant que par sentiment; et quand, plus tard et successivement, on proposa de renverser le gouvernement de la liberté en faveur du seul homme dont les talens, l'héroïsme et la gloire pouvaient nous consoler de la perte de cette idole chérie, j'élevai contre cette prétention une opposition aussi roide et aussi constante. Quels furent alors mes motifs? Raisonnant en thèse générale, je disais : La nature a créé l'égalité, et notre constitution la consacre; la société européenne a voulu la liberté, et notre constitution la garantit, du moins à la France : c'est pour l'égalité que la France a fait et supporté sa révolution; c'est par la liberté qu'elle prétend la terminer. Telle est sa volonté souveraine, dont rien ne démontre la déraison, dont tout appuye la justice. Les convulsions de l'anarchie, si destructives de l'égalité, si incompatibles avec la liberté, sont terminées sans retour. Quand elles mettaient la France à deux doigts de sa perte, que ne réclamait-on, dans des institutions monarchiques, le remède qui eût pu la sauver? Mais l'anarchie a dévoré ses propres enfans, elle s'est dévorée elle-même, et ce suicide politique a ressuscité le corps social. Aujourd'hui, qu'il reprend ses forces avec sa dignité, et ses prospérités avec la victoire, on vient vous proposer de le remettre en tutelle; que dis-je? on veut lui rendre les lisières dorées qui amusèrent la France vieillissante dans la longue enfance où l'entretenaient ces tuteurs intéressés que l'on nomme rois! On propose aux fondateurs de la république des rubans au lieu de palmes, et des broderies au lieu de couronnes de chêne! Etait-ce donc avec des rubans que vous faisiez le blocus de Mantoue, ô vainqueur de l'Italie! Et, quand Bonaparte fit baisser la paupière à l'aigle autrichienne, était-ce devant un habit doré ou devant sa redingotte grise ?

J'étendis à la circonstance de votre élévation à l'empire ces raisonnemens fortifiés encore par une longue expérience, et appuyés par des exemples plus nombreux. Je vous épargnerai les uns et les autres ; mais il me sera permis d'ajouter, qu'aussi docile à la loi portée qu'ennemi de la loi à porter, je promis à l'Empereur une fidélité d'autant plus méritoire à garder, que j'avais eu plus de combats à rendre avec moi-même pour me l'imposer. Comme tribun, je reçus aussi la Légion-d'Honneur, dont le principe me sembla toujours sacré, mais dont je blâmais les grades chevaleresques et la décoration monarchique.

Depuis et peu à peu, le système de votre gouvernement s'étant développé, vous comprîtes, avec la pénétrante sagacité qui caractérise votre génie, qu'il fallait remplacer par des jouissances *sensuelles* les prix d'hon-ur que vous ôtiez à l'imagination. A l'an-ue statue de la liberté, vous parvîntes à -stituer le fantôme de la gloire ; et des -tations payèrent tout le sang qu'auraient dû récompenser un regard de la patrie, un regret de la nation. Alors s'établit ce nobiliaire échelonné par la cupidité et par l'orgueil ; tarif vraiment monarchique, par lequel on savait d'avance le prix d'un bras emporté et la décoration d'une blessure au visage ; tarif sur lequel on pouvait combiner la valeur avec l'intérêt, et calculer la pension par le sacrifice. Alors aussi furent flétris de titres exhumés des sépulcres de la révolution, les avancemens les plus illustres : on devint *comte*, parce qu'on avait une main de moins ; et *duc*, pour avoir fait, dans la carrière de l'ambition, un pas de plus. La vieille souche de la féodalité parut donc reverdir pour ombrager de ses rameaux surchargés d'écussons, un trône que, par des motifs bien différens, le parti de la révolution et la faction contre-révolutionnaire regardaient comme usurpé.

Mon opinion vous était parfaitement connue à cette époque, Sire, et vous n'ignorez pas qu'elle n'a point changé. J'ai tort de dire mon opinion, parce qu'en effet l'opinion, fruit des événemens, est souvent, comme les circonstances qui les décident, mobile et variable : ce sont les principes fondés sur la raison, motivés sur l'expérience, qui, comme la raison, sont immuables ; et ce sont eux auxquels, dans tous les temps, je me suis appliqué de m'attacher.

En les consultant étroitement, ils m'avaient conseillé de refuser le titre féodal que vous venez d'accoler à mon nom. Dans une monarchie constitutionnelle, me disais-je, l'égalité est le premier des principes, et la liberté la dernière fin, comme dans la république la plus démocratique ; d'où vient donc ma vanité concourrait-elle à blesser ce principe, que j'ai si long-temps respecté comme citoyen, et, qu'à titre de ministre, ce m'est un devoir de faire maintenir et de faire respecter ? Ces considérations, si puissantes en raisonnement absolu, dans un ordre établi et reconnu, dans un gouvernement stable et non disputé, tombent devant l'empire moins étendu, mais plus irrésistible, des circonstances. Mon imprudent refus, me suis-je dit, va livrer à la dérision le monarque, et à l'instabilité intérieure la nouvelle monarchie. Quel ascendant conservera l'un, quel àplomb prendra l'autre, lorsqu'on verra leur ministre se mettre en opposition avec les institutions qu'ils ont consacrées ? C'est quand l'Etat est tranquille, c'est quand son chef est heureux, qu'on peut appeler de leurs actes à l'opinion nationale. L'invoquer en ce moment, et en faveur d'un seul individu (qui peut d'ailleurs se tromper), agiter ainsi la masse, c'est conspirer, c'est trahir. A cette réflexion, Sire, mes premiers scrupules ont fait place à des scrupules d'un ordre plus élevé ; en admettant que mon consentement soit une résignation, je me la suis imposée avec contentement ; car je ne mériterais pas de me dire l'ami de l'égalité, si je n'étais aussi l'ami de la patrie.

Paris, 25 Mars 1815.

LETTRE IIIe. (*)

Vos ordres relatifs à l'organisation de l'Université seront exécutés, Sire, et je remplirai de mon mieux vos intentions en ce qui concerne ses membres. Si je ne suivais, en cette matière, aussi-bien que dans tant d'autres, que mon inclination, confirmée d'ailleurs par une longue expérience, je rendrais au corps enseignant les formes républicaines que lui ont toujours refusé les statuts de l'empire, parce que peu à peu ce corps, dont le principe est l'indépendance, et dont les habitudes tendent à l'examen, s'adapte ces formes et se conduit d'après l'esprit qu'elles supposent. En étendant à une corporation essentiellement libérale la méthode

(*) Cette lettre répond à celle de Napoléon, en date du 26 mars 1815 : voyez sa *Correspondance pendant les Cent jours*, p. 10. — Paris, chez Plancher.

de l'unité despotique, Votre Majesté n'a voulu que simplifier une machine dont les rouages sont nombreux, semblent se croiser quelquefois, et peuvent, dans leur jeu, lui paraître embarrassés. Mais ce n'est pas à un dialecticien aussi serré que vous l'êtes, Sire; ce n'est pas à un géomètre d'un ordre supérieur qu'il me faudra faire observer que supprimer la principale donnée d'un problême, ce n'est pas le résoudre : loin de là, c'est le rendre insoluble. Réduit à son expression précise, celui-ci ne me paraît pas difficile : conservez sa centralisation matérielle, et permettez que, sous cette tutelle, le principe moral et les doctrines intellectuelles reçoivent tous leurs développemens. J'attends, à cet égard, la détermination de Votre Majesté.

La nomination du duc de Plaisance à la place de grand-maître, produirait sur tout le corps de l'Université l'effet le plus agréable, s'il était mesuré au mérite de ce prince : les gens de lettres n'oublieront jamais qu'ils lui doivent une excellente traduction d'Homère et la meilleure traduction du Tasse; et les hommes de finances se sont étonnés plus d'une fois qu'une plume aussi poétique ne dédaignât pas des combinaisons plus modestes. Toutefois, Sire, le rare mérite que suppose, que prouve même la réunion de talens si divers, sera-t-il bien senti dans la crise où le corps social, dont toutes les parties sont en souffrance, a entraîné le corps enseignant ? N'était-ce pas moins à la science, à la conduite, à la moralité que devait s'attacher Votre Majesté, qu'à la force, à l'énergie, à l'esprit capable de résolutions promptes et décisives ? Ne nous ne le dissimulons pas : la situation où nous jette l'événement inouï de votre retour, n'est pas encore l'anarchie, ni le despotisme, ni la guerre ; mais elle n'est déjà plus l'ordre, ni la liberté, ni la paix. C'est à la conquête de tous ces biens que nous nous préparons ; et comme nous pourrions bien y arriver par les maux contraires, il faut tout à la fois des bras vigoureux pour les supporter, et des mains paternelles pour les adoucir.

L'éloignement d'un idéologue nébuleux, tel que M. de Bonald, était prescrit par la raison même. Plus creux que profond, et retentissant, parce qu'il est vide, c'est un de ces rêveurs dangereux qui, dans leurs analyses plus subtiles que fines, passent sans cesse à travers ou à côté de la vérité ; et, sous prétexte de remonter à des causes dont il n'est bon que d'utiliser les effets, remettent aujourd'hui en question ce qui fut résolu hier, et affirment comme positif ce qui est resté indécis : obscurcissant ainsi de nuages, ou plutôt de vapeurs, le soleil de la vérité, et faisant briller des fausses lueurs du sophisme les informes produits d'une imagination qui ne se comprend pas elle-même. Cette secte d'*obscurantins*, gens incomplets en intelligence, et surabondans en erreurs, est l'auxiliaire naturelle de tous les hommes à préjugés ; et se plaçant derrière eux pour les souffler ou les pousser, elle est prête à inspirer toute doctrine et à justifier toute action qui ralentisse la marche du génie de l'homme, et le fasse redescendre dans ces limbes dont nous commençons seulement à sortir. Je surveillerai, pour ma part, ces oiseaux nocturnes, et les empêcherai d'obscurcir la vérité par leur vol ténébreux.

Paris, 27 Mars 1815.

LETTRE IVe. (*)

Par sentiment, par devoir, par espérance, les Académies ont revu avec transport le retour de Votre Majesté. Croyez-en un homme qui ne flatte point : ce que vous a dit leur président est l'expression de ce qu'elles sentent, de ce qu'elles désirent, de ce qu'elles veulent. Non-seulement elles aiment la liberté publique, dont elles sont faites pour être l'organe, mais elles demandent l'indépendance privée, et ne demandent qu'elle. C'est une erreur, commune à tous les gouvernemens, de croire que les lettres ont besoin de guides, et les associations littéraires de protecteurs. Nécessaires sous un régime despotique qui mesure la pensée et jalonne l'expression, les protecteurs étouffent, dès

(*) *Correspondance de Napoléon durant les Cent jours*, p. 10.

le berceau, les productions libres, sous prétexte qu'elles sont licencieuses, et ne font pas grâces aux badinages même, sous prétexte qu'ils sont inconvenans. L'Académie française a excité, de tous temps, deux reproches qui, pour être spécieux, n'en paraissent pas plus fondés : 1°. On a prétendu qu'uniquement occupée de l'éternel Dictionnaire, elle était si entêtée de mots, que, dans ces cerveaux façonnés à combiner des périodes et des hémistiches, il n'y avait plus de place pour les choses ; secondement, qu'un gazouillement de flatterie perpétuelle allait tout naturellement se placer sur les langues mobiles des Quarante immortels. Mais, puisque la protection du ministère leur interdisait les choses, ne fallait-il pas qu'ils s'indemnisassent en alignant des rimes, en scandant des mètres, en contournant des phrases, en enfilant des mots ? Mais, puisque leur existence littéraire dépendait d'une existence politique, qui elle-même tenait à celle d'un ministre fondateur, ou d'un prince protecteur, ne fallait-il pas qu'ils payassent en madrigaux les jetons de présence et les fanfares de la renommée? Les journaux ne van-

3

taient que l'académicien qui avait loué le ministre, et ils diffamaient par des diatribes, ou tuaient par le silence, le philosophe qui n'obéissait qu'à sa conscience, et ne préconisait que la vérité. De là, des milliers de cassolettes nauséabondes fumant pour les saints du jour; de là aussi, quelques dixaines de pensions pour les prêtres complaisans et diserts de ces nouvelles idoles.

Il faut que sous votre règne régénéré, Sire, l'Institut de France se régénère aussi; et, devenu l'élite des gens de lettres, des artistes, des philosophes et des savans, il justifie le titre de *national* qu'il doit expressément porter. C'est un véritable non-sens que de lui imposer celui d'*imperial*, qui n'offre qu'une idée louche, vague et même disparate, et qui, sans donner à l'association qui la porte plus de dignité, semble la priver de son indépendance. Il faut aussi que les académiciens honoraires soient supprimés, parce que leurs places enlèvent tout à la fois des récompenses au mérite modeste ou indigent, et enhardissent l'orgueil ignare ou la fortune insolente. Enfin, il faut rendre au scrutin des élections toute sa latitude; ne pas permettre qu'il soit influencé par la brigue ou par la faveur, et surtout, sous nul prétexte, substituer à un choix libre des nominations commandées. Si jamais jury dût jouir d'une égalité inaltérable, d'une liberté sans réserve, c'est sans doute celui d'une société littéraire prononçant sur le mérite de ses pairs. Alors, seulement alors, l'Institut, réunion imposante des représentans des facultés humaines, redeviendra le légitime organe de leurs pensées, et marchera ainsi, dans tous les sens et par toutes les voies, au développement de la puissance intellectuelle, sans laquelle la puissance politique n'est qu'un palais de nuages.

Paris, 30 Mars 1815.

LETTRE V^e^. (*)

Oui, Sire, je comprends à merveille la nécessité d'un changement général dans l'administration : les préfets, les sous-préfets, les maires, les employés dans les directions, et même les principaux commis, doivent être remplacés ; mais il me semble que pour que ces changemens soient efficaces, il faut qu'ils soient nécessaires et graduels. Aux principes, depuis long-temps établis, des individus qui peuvent en devenir les objets, à leur conduite habituelle, nous en connaîtrons d'abord la nécessité ; je ne dis pas à leur opinion, quoiqu'en une circonstance critique, l'opinion doive entrer comme élément dans un jugement à porter ; mais seulement comme élément, et non comme déterminatif ; car chez les hommes qui ont

(*) *Correspondance de Napoléon*, p. 11.

une conscience politique, l'opinion ne prévaudra jamais sur le devoir. Tel qui, les lis sur la poitrine, a servi chaudement le Roi, n'a cessé pourtant de servir Votre Majesté, parce qu'il servait la patrie : cet homme est sûr et ne mérite point d'être déplacé. Celui qui s'est désigné d'avance à la destitution, vantait, adorait l'Empereur tant que l'Empereur fut puissant, et le calomnia quand la victoire eut abandonné ses aigles. Un autre, plus dangereux et plus coupable, n'usa de sa portion d'autorité que pour trahir celui d'où elle émanait : sous le spécieux prétexte d'une fidélité secrète envers le prince, dont la victoire n'avait pas encore légitimé les droits, il négligea, il compromit ceux du monarque auquel il avait engagé une fidélité publique. Je soumettrai aussi au déplacement les caractères frêles et les opinions sans consistance qui reçoivent conseil de leurs affections, au lieu de le prendre de leur devoir. Dans la crise qui se prépare, ce sont des *forts* qu'il nous faut; et tout fonctionnaire, en acceptant l'écharpe, doit être convaincu qu'il monte sur la brêche.

Cependant, il ne suffit pas que les mutations soient indispensables et universelles pour être bonnes, il est besoin aussi qu'elles soient graduelles ; autrement, le mécanisme administratif s'arrête partout : le recouvrement des contributions, les levées d'hommes, leur équipement, leur organisation sont suspendus, et toutes les branches de l'administration paralysées reportent au centre même du gouvernement le contre-coup mortel qui les a frappé. Pour obvier à ce grave inconvénient, je me contente de procéder d'abord au déplacement, ou à la mutation d'un certain nombre de préfets, d'un plus grand nombre de sous-préfets et d'un nombre proportionné de maires et d'adjoints ; ayant soin de faire tomber ce mouvement sur les administrations d'un ordre supérieur et sur des villes qui commandent à une sphère étendue par l'influence de l'opinion. Peu à peu seront éconduites les autorités d'un ordre et d'un ascendant moins importans, et qui, déjà, auront reçu, même involontairement, le choc d'une impulsion générale. C'est ainsi que, sans secousses comme sans précipitation, sera régénéré le système administratif de l'empire, celui qui, par ses contacts habituels avec toute la population, inspire, rectifie ou mûrit ses opinions et détermine sa conduite.

Je ne dois point terminer cette lettre sans soumettre à Votre Majesté le désir universel, que la nation reproduit plus pressant que jamais, d'être administrée par des maires de son choix. Tant que ce vœu ne sera pas accompli, elle ne se croira pas libre, parce que la liberté politique ne consiste pour les communes que dans la liberté de ses élections municipales. Outre cet avantage, contre lequel il ne s'éleve aucune objection raisonnable, le gouvernement y trouvera celui de la simplification, de la promptitude et de l'économie. Le curement d'une fontaine communale, ou la nomination d'une sage-femme, cesseront d'obstruer les cartons du conseil-d'état; et l'octroi de trois centimes accordé à telle bourgade ne figurera plus au budjet parmi les magnifiques dépenses de l'empire.

Paris, 2 Avril 1815.

LETTRE VIe. (*)

En attendant que le Bureau d'organisation de la garde nationale m'ait adressé les renseignemens sur lesquels doit porter le rapport demandé par Votre Majesté, je crois devoir lui soumettre quelques idées relatives à cette organisation, et qu'on peut lui regarder comme préliminaires.

Qu'est-ce que la garde nationale ? c'est la nation armée. Si cette définition est exacte, j'y trouve tout à la fois la nature de l'institution, ses moyens et son objet. C'est la nation, ce qui exclut toute idée de corporation distincte et de fonctions privilégiées ; mais c'est la nation armée : comment l'est-elle ? quand peut-elle l'être ? pourquoi le doit-elle ? Elle doit l'être toujours, par succession hé-

(*) *Correspondance de Napoléon*, p. 13.

réditaire, mobile dans ceux qui la composent, permanente dans son existence, comme elle est légitime de sa nature et nécessaire dans son emploi. Aucune circonstance, nul prétexte ne saurait la suspendre. Dès qu'un jeune Français est devenu citoyen, il est garde national ; il l'est même auparavant : il l'est, lorsque ses mains adolescentes peuvent porter un fusil. Il y a deux signes irréfragables auxquels on reconnaît une nation libre : quand elle a une représentation élue directement par la propriété et qui vote l'impôt et l'armée, et quand cette même propriété (territoriale, industrielle ou intellectuelle) est maintenue, et, au besoin, défendue par ses propres armes.

Il me semble que toutes les règles de l'organisation de la garde nationale peuvent se déduire de là. Dans les temps paisibles, elle maintient ; dans les troubles intérieurs ou extérieurs, elle défend. Armée négative durant la paix, elle peut changer de rôle pendant la guerre ; toutefois, s'il s'agit de marches, de campemens et d'excursions, même peu éloignées, la raison veut que les jeunes célibataires seuls y soient employés. Les garçons d'un âge plus avancé gardent la frontière ; et les hommes mariés, demeurés dans leurs foyers, y forment cette précieuse portion de la défense négative, qu'on peut appeler armée municipale. En dernier résultat, c'est d'elle, c'est de la police qu'elle rend présente partout, que dépend toute conservation. Politiquement parlant, elle fait respecter les droits ; dans son action domestique, elle en fait jouir.

Puisqu'elle a les formes de l'armée et une partie de sa destination, faut-il donc que, comme elle, elle soit soumise à une hiérarchie de grades, à la régularité du service, à la sévérité de la dicipline ? je crois chacune de ces questions susceptible de distinctions, selon les localités. Sans doute, il faut partout un ordre, des rangs, un service réglé et une sorte de discipline; mais faut-il porter jusqu'à l'inflexible austérité de l'esprit militaire, ces élémens moraux ? je ne le pense point. Je ne voudrais pas, par exemple, qu'un uniforme rigoureux fut prescrit à la garde nationale, et surtout que cet uniforme, en retraçant, dans ses diverses parties, l'image de l'armée, ne la rappelât que sous des rapports ridicules, dangereux ou vains. Je voudrais encore moins qu'entre l'indigence, privée d'uniformes, et les classes aisées qui ont toutes les facilités pour s'en procurer, l'orgueil élevât une odieuse barrière : quand donc régnera l'égalité, si ce n'est lorsqu'il y a communauté d'intentions, de fonctions et quelquefois de dangers ?

En admettant la nécessité d'une marque qui indiquât l'homme de service, je la voudrais temporaire, afin qu'elle n'inspirât ni vanité à ceux qui la portent, ni regrets, ni dédain à ceux qui ne la portent plus, ou qui ne la portent pas. Par le même motif, je désirerais que les grades fussent électifs, annuels, et qu'on se gardât bien surtout de les assimiler à ceux de l'armée. Là, ils sont un état et forment une véritable dotation : dans la garde nationale, ils sont une charge, une fonction, un emploi transitoire uniquement établi pour assurer l'ordre, la régularité, la perpétuité du service.

Dans ce système, il est entendu que je supprime ces brillans et inutiles états-majors, objets d'envie, de luxe, de dépenses de plus d'un genre, et qui n'ont guères que l'avantage de reproduire les magnifiques cavalcades de nos fêtes dramatiques. C'est apparemment pour cela qu'il est arrivé plus d'une fois qu'on les a fait parader aux évolutions de théâtre, et tout récemment encore aux processions.

Quant aux jeunes gens non-mariés, dont j'ai dit qu'on pouvait mobiliser les colonnes, j'ajoute que je les regarde comme le véritable noyau de l'armée régulière et conscriptive. Les bataillons qu'ils fournissent peuvent et doivent même être assujettis à un ordre exact, à une hiérarchie inaltérable, à une discipline sans relâche. Cet apprentissage est une sorte d'école primaire de Mars, où tout ressemble à l'armée, hormis la durée du service, réglé par le besoin et mesuré sur les localités.

Paris, 4 Avril 1815.

LETTRE VIIe. (*)

Sire,

Après avoir présenté, à titre de citoyen, quelques idées générales sur l'institution de la garde nationale, je vais, comme ministre, soumettre à Votre Majesté un tableau rapide, mais exact, de sa situation actuelle (1).

J'ai besoin de répéter, Sire, et Votre Majesté se plaît à l'entendre, que si c'est dans l'institution de la garde nationale que réside la plus solide garantie de notre indépendance, c'est aussi dans la prudence de son organisation que réside la force de ses moyens, l'utilité de son objet et la perpétuité de sa durée.

(*) *Correspondance de Napoléon*, pages 13 et suiv.

(1) Conforme au Rapport fait par le Ministre de l'intérieur aux Chambres, le 13 juin 1815.

Sa première formation, au mois de juillet 1789, décida du triomphe de la liberté des peuples. Le despotisme, si éloigné sans doute de la pensée du monarque, se montrait cependant dans toutes les institutions, et l'arbitraire, si j'ose le dire, était dans la moelle de l'Etat. Depuis Louis XV surtout, la douceur du chef, et peut-être même la politesse des ministres, avaient un peu ennobli ces formes dégradantes ; et l'on avait assez bien défini l'oligarchie française *un despotisme tempéré par des chansons.* Mais, contre l'épigramme et les couplets, le pouvoir avait Pierre-en-Scise, les îles d'Hières et la Bastille. Celle-ci, par son nom, par ses huit tours, par son antiquité, était la terreur des peuples, l'espérance des oppresseurs et la garantie des ministres. C'est contre elle aussi, qu'à la voix de Mirabeau se dressa, se hérissa l'opinion, et que s'armèrent tous les bras. Sur une rumeur adroitement propagée, toute la population se remua, et, de proche en proche, le dernier paysan de la Bretagne ou des Cévennes retrouva, dans la gothique batterie de sa carabine rouillée, un contre-poids à l'antique oppression, un point d'appui à ses nouvelles espérances. C'est ainsi qu'un grand exemple vint appuyer la définition anticipée que le patriotisme donnait d'une garde nationale ; *c'est*, disait-on dès-lors, *c'est la nation armée.* Le général La Fayette, MM. de Lameth, de la Tour-Maubourg, Rochambeau, venaient de rapporter d'Amérique, avec le feu de la liberté, l'exemple appuyé sur les moyens de le propager, et surtout de le rendre durable. Rien n'était plus facile, en s'adressant aux Français. Dans leurs cœurs, en effet, circule avec le sang le sentiment de l'indépendance, parce que dans elle seule ils font consister l'honneur ; et en vérité, il n'en est, il n'en peut être d'autre. M. de La Fayette l'avait senti bien vivement, lorsqu'il courut les chercher aux Etats-Unis : il le comprit plus intimement encore, quand de l'Amérique il leur apporta des alimens et des modèles. Il était donc naturel qu'à sa voix la nation, remuée par Mirabeau, organisât ses ressources et régularisât ses mouvemens. L'immense surface de la France se hérissa de baïonnettes, et l'oligarchie ministérielle pâlit. Quand elle vit l'ordre s'introduire dans cette grande commotion, elle trembla ; et, de ce moment, une raison calculée, une volonté forte ayant succédé, mais sans le détruire, au premier jet de l'enthousiasme, la cause du despotisme fut irrévocablement perdue, celle de la liberté gagnée à tout jamais.

Je n'insiste sur ces souvenirs qui sont si présens à Votre Majesté, que parce que les événemens d'aujourd'hui les rappellent, et que le bras qui vient de faire tomber les barrières d'une nouvelle oligarchie, semble être un de ceux qui brisèrent celles de l'ancienne. Le 20 mars doit nous faire remonter tout d'une haleine au 14 juillet.

Je continue cette intéressante matière. Les bataillons sortis du sein de la garde nationale, apportèrent dans nos armées non-seulement la force numérique devant laquelle s'arrêtèrent les efforts de la première coalition, mais encore tous les sentimens généreux qu'enfante l'amour de la gloire, lorsqu'il s'exalte par l'amour de la patrie ; c'est cette force morale qui renversa tous les obstacles, et qui porta si haut le renom de nos armées.

Dès les premières campagnes, les frontières de la république furent promptement reculées par les plus mémorables opérations de guerre (1) ; et, depuis cette époque, les conquêtes du plus grand capitaine qu'ait eu les Français, portèrent si loin, couvrirent si long-temps les limites de l'empire, que le service de la garde nationale, spécialement voué à la défense du territoire, offrit moins d'intérêt. Les modifications de son organisation avait peu d'importance quand la victoire, fidèle à nos aigles, confondait les projets de nos éternels ennemis, et trompait les vœux impuissans d'une faction presque éteinte (2).

---

(1) Presque toutes conçues et ordonnées par Carnot, dont le génie, alors confiné dans les bureaux du Comité de Salut public, préparait, dans la gloire de la nation, une compensation aux coupables absurdités de ses gouvernans.

(2) *Presqu'éteinte !*... Avec quelle violence elle s'est ranimée en 1815, à la fin de 1818, et tout récemment encore (mars 1819) au sujet de la loi des élections ! Qui l'a plus cruellement éprouvé que l'illustre auteur de cette lettre ? Le 5 mars 1819 aura-t-il des suites

Cependant votre prévoyance, Sire, provoqua une réorganisation qui fut l'objet du sénatus-consulte du 2 vendémiaire an 14. Cette mesure ne fut encore appliquée qu'aux départemens frontières, jusqu'à la fin de 1813. Mais quand les temps de mauvaise fortune de la France furent arrivés, la garde nationale reparut et s'organisa. Elle s'accrut au milieu de nos revers, en partageant les fatigues et les dangers, comme elle avait partagé la gloire et les malheurs de l'armée.

A Montmirail, à Montereau, dans toutes les places, les gardes nationales eurent part à cette gloire.

Le dernier gouvernement qui détruisit les élémens de l'armée, n'osa dissoudre ceux de la garde nationale. La grande masse, toujours soutenue par son esprit patriotique, garda son caractère d'indépendance.

Aussitôt qu'en reprenant les rênes du gou-

---

plus efficaces que le 5 septembre 1816? Dieu le veuille pour le salut de la Frauce et pour la consolidation du gouvernement constitutionnel, que les efforts de la faction ont réduit à n'en être encore qu'à son titre nominal!

vernement, Votre Majesté eut reconnu la situation des gardes nationales, elle s'est hâtée de faire revivre une institution dans laquelle la nation trouve la garantie la plus positive de son indépendance, et le plus prompt déploiement de ses forces.

Votre décret d'hier 10 avril, basé sur les anciennes lois, va réorganiser les gardes nationales de l'empire, ramener à une formation simple et partout semblable, les masses détachées, les corps isolés et composés d'élémens divers, comme les diverses circonstances qui les avaient fait créer.

Cette organisation générale avancera rapidement (1), et déjà elle est commencée partout avec succès. Dans son développement, elle ne présentera pas moins de 2,254,320 gardes nationaux, qui, régulièrement formés et encadrés dans 3,131 bataillons, comprennent à peu près le treizième de la population.

Une élite de 751,440 hommes de vingt à

(1) Elle était complète au 13 juin 1815, époque d'un rapport ministériel aux Chambres, parfaitement conforme aux principales données de cette lettre.

quarante ans, formés en compagnies de grenadiers et de chasseurs, pouvant être extraite de cette masse, et rendue mobile, vous ordonnerez, Sire, par des décrets successifs, la formation de 2,500 compagnies de grenadiers et chasseurs formant 417 bataillons, et présentant une force de 300,240 hommes uniquement destinée à la défense des places, des postes fermés, des défilés retranchés.

Il faudra soustraire des bataillons à former ceux de quelques départemens maritimes qui, à cause de la défense des côtes, ne seront pas mobilisés, et ceux des frontières des Pyrénées, dont la formation doit être différente et sera soumise à des dispositions particulières réclamées par les localités.

Le ministère de Votre Majesté peut lui assurer que les départemens de l'intérieur et ceux du nord, en exceptant trois à quatre arrondissemens de l'extrême frontière, sans cesse travaillés et menacés par les intrigues de l'étranger, rivaliseront de zèle. Ceux de l'est ont déjà donné l'exemple du dévouement et la plus forte impulsion.

Indépendamment des bataillons d'élite, de nombreuses compagnies de canonniers commencent à se former dans toutes les places, dans les villes fermées et nouvellement retranchées, et dans les principaux chefs-lieux. Toutes les écoles spéciales, tous les lycées organisent des compagnies dont les canonniers sont déjà instruits, et s'exercent sous le commandement d'officiers et de sous-officiers d'artillerie. Le nombre de ces canonniers volontaires, d'abord de moins de 10,000, s'élève aujourd'hui au double, et continuant progressivement, surpassera dans peu celui de 25,000, en y comprenant les dix-huit compagnies de l'artillerie de Paris.

Il reste encore une partie considérable de la population en état de porter les armes, qui ne se trouvant point, aux termes des lois, comprise dans la garde nationale (c'est un abus sur lequel je me propose d'appeler bientôt l'attention de Votre Majesté), n'en montre pas moins la plus ferme volonté de concourir à la défense de la patrie, et de toutes parts demande des armes et une organisation régulière. Vous avez compris, Sire, combien était recommandable cet élan qui, dans le péril de la patrie, négligeant de réclamer des droits, sollicite l'accomplissement des devoirs : en conséquence, j'ai ordonné la formation de ces volontaires fédérés, qui concourent de toutes parts à produire de fort beaux bataillons, dont un nombre nécessaire d'anciens officiers composent les cadres.

J'entretiendrai dans peu Votre Majesté de l'important et pressant objet de l'habillement et de l'équipement, sur lequel j'attends encore quelques renseignemens pour les mettre sous les yeux de l'Empereur.

Paris, 11 Avril 1815.

LETTRE VIIIe. (*)

CONFORMÉMENT à leurs instructions, le général Morand, après avoir fait arrêter le sous-préfet d'Argentan, l'a remplacé par l'ancien sous-préfet; et le maréchal prince de la Moskwa, qui a destitué le maire de Condé, l'a aussi remplacé provisoirement. Votre Majesté m'ordonne de lui présenter un projet de décret à cet égard; qu'il me soit permis, Sire, de le faire précéder de quelques considérations.

Quand l'armée délibère, c'en est fait de la discipline : aussi toutes nos constitutions ont-elles déclaré en principe, que la force armée était essentiellement obéissante. La plus populaire lui a seulement permis de voter dans des cas prescrits, ce qui ne ré-

(*) *Correspondance de Napoléon*, p. 18 et 19.

pugne ni à l'esprit de discipline., ni au génie de la liberté, et s'harmonie très-bien aux formes de la démocratie.

Mais par la raison que l'armée ne délibère pas, ses membres ni ses chefs ne peuvent commander hors du cercle militaire : leur empiétement sur l'ordre civil amènerait bientôt la dictature démocratique, ou, pour s'exprimer plus précisément, l'oligarchie militaire. Alors, adieu non-seulement la liberté, mais jusqu'à l'apparence même de la discipline. Le peuple serait conquis au lieu d'être gouverné, et le contre-coup de l'esclavage politique se ferait sentir dans l'anarchie fractionnaire de l'armée : tristes et certains avant-coureurs de la dissolution de la nation, qui ne précède que d'un jour la dispersion, l'anéantissement de l'armée !

Votre Majesté n'a pas perdu de vue ces principes incontestables et conservateurs, quoique, par exception sans doute, elle ait permis à quelques-uns de ses lieutenans de s'en écarter. Mais l'Empereur n'ignore pas qu'il ne saurait permettre ce qui ne lui est pas permis à lui-même. Si la force des circonstances l'a investi de la dictature, elle est transitoire, lui est essentiellement personnelle, et d'autant moins incommunicable, qu'elle est plus illimitée. Comme pouvoir royal, l'Empereur est inviolable; comme dictateur temporaire, il est affranchi de toute responsabilité : jusque-là rien de changé, et à l'extension près de l'action publique, et surtout de sa rapidité, tout paraît continuer l'ordre établi. Mais cet ordre est renversé, du moment que l'inviolabilité passe de la tête sacrée du chef sur les têtes de ses agens. Cette profanation ébranle l'Etat dans ses racines, et par les développemens fractionnaires de l'arbitraire, prépare les usurpations partielles.

Votre Majesté ne saurait donc trop tôt se hâter de prononcer sur ces destitutions illégales et même illégitimes, et de retirer aux chefs armés des pouvoirs politiques, dont un petit nombre d'agens civils peuvent seulement être investis momentanément, par mandat exprès et spécial, et avec discrétion.

Paris, 31 Mars 1815.

LETTRE IXe. (*)

En exécution des ordres que m'a transmis Votre Majesté, par sa lettre du 27 mars, j'ai l'honneur de lui rendre compte que j'ai autorisé le général Drouet, comte d'Erlon, à opérer, dans la 16e. division militaire, tous les changemens d'officiers qu'il croira utiles et qui lui paraîtront urgens. La même autorisation a été donnée au duc d'Albuféra, pour l'Alsace ; au général Girard, pour les 3e. et 4e. divisions ; au duc de Plaisance, pour la 2e. ; au prince d'Esling, pour la 8e. ; au général Lasalcette, pour la 7e. ; au général Desaix, pour la 19e. ; au général Lemarrois, pour les 15e. et 14e. ; au général Caffarelli, pour la 13e. ; au général Morand, pour la 12e. ; au général

(*) *Correspondance de Napoléon*, p. 14.

Clausel, pour les 11e. et 21e.; et au général Pajol, pour la 22e.

Les renseignemens qui me parviennent des 9e. et 10e. divisions seraient satisfaisans, si je ne connaissais l'esprit qui règne à Nîmes, et si les divisions que le long et paisible règne de Votre Majesté avait comprimées entre les protestans manufacturiers et les catholiques oisifs, ne s'étaient ranimées avec fureur depuis un an. J'ai investi, en votre nom, le général Laborde des pouvoirs nécessaires pour opérer provisoirement les changemens indispensables, sous la condition expresse qu'il les justifiera sans délai à Votre Majesté, et les soumettra à sa confirmation.

Paris, 2 Avril 1815.

LETTRE Xᵉ. (*)

CONFORMÉMENT à vos intentions, Sire, je viens d'adresser aux généraux commandant les différentes divisions militaires, une circulaire pressante et motivée, qui leur prescrit, 1°. de destituer ceux des officiers qui, durant l'interrègne, ont prouvé, par leurs opinions, leur conduite et leurs intérêts, qu'ils étaient contraires à la cause nationale; 2°. de les remplacer de préférence par ceux qui ont été réformés ou destitués, et qui, par des opinions, une conduite et des intérêts contraires, ont provoqué, et, dans le sens du gouvernement d'alors, mérité ces réformes et ces destitutions. La politique se trouve ici d'accord avec l'équité dans cette double mesure.

Paris, 2 Avril 1815.

(*) *Correspondance de Napoléon*, p. 15.

LETTRE XIe. (*)

Avec les événemens, les principes ont changé, Sire ; et si Votre Majesté veut que la révolution du 20 mars ne tourne pas au profit de ses ennemis, il faut que les hommes qui, quoiqu'on dise de leur légèreté, ne changent pas si aisément, soient changés partout. Que l'amour de la patrie, celui de la gloire, soient sans doute les premiers ressorts que votre gouvernement fasse mouvoir ; mais qu'au défaut de ces nobles mobiles, l'amour-propre et l'intérêt deviennent les liens qui attachent à vos nouvelles destinées. Celles de la France intérieure, sa marche progressive et son salut ultérieur dépendent, en dernier résultat, du changement des individus, et, dans la crise qui se prépare, sa conservation de

(*) *Correspondance de Napoléon*, p. 15.

chaque jour tient à ce que ce changement soit prompt, rapide et général. En révolution, les mesures partielles sont rétrogrades; et qui s'arrête aux considérations privées, recule sur l'intérêt général. Que servirait, en effet, d'avoir opéré une mutation presque totale, si, dans une partie négligée, il restait des indifférens, des douteux, des ennemis? Il suffit de la plus petite brèche pour prendre une place.

A mesure donc que des préfets d'une probité politique éprouvée remplacent les anciens, j'imprime à l'épuration une impulsion successive, qui enveloppera toutes les autorités. Chaque préfet est autorisé à suspendre les sous préfets qui, à l'instant même de leur installation, destituent et remplacent provisoirement les maires et les autres fonctionnaires justement suspects au gouvernement impérial. Chacun d'eux, dans la sphère de ses attributions, est chargé de me faire connaître les déplacemens qui ont eu lieu dans les diverses administrations et régies de leurs départemens. J'ai surtout insisté sur ceux qui ont, pour ainsi dire, ravagé l'administration des eaux et forêts, d'où, comme l'a très-bien remarqué Votre Majesté (*Lettre de l'Empereur au Comte Carnot*, 27 *mars*), l'on a ôté de bons citoyens pour placer les émigrés. Pour cet objet seulement, j'ai autorisé les préfets à se concerter avec les généraux commandant la division, afin de rectifier les déplacemens qui auraient eu lieu en haine d'opinions politiques. Et selon les vues et les instructions de Votre Majesté. je leur ai fait connaître que cette latitude de pouvoirs extraordinaires ne doit durer que quinze jours, à dater du commencement de leur mission.

Aussitôt que les déplacemens et les remplacemens seront prononcés, ils me seront transmis, afin que moi-même je les mette sous les yeux de Votre Majesté, qui confirmera ou rapportera les mesures provisoires prises par les préfets.

Paris, 4 Avril 1815.

LETTRE XIIe. (*)

En attendant que je me conforme aux ordres détaillés de Votre Majesté, contenus dans sa lettre du 1er., je me permets de solliciter son indulgence en faveur du sieur D-m-t, l'un des serviteurs du Roi, qualifié de gentilhomme ordinaire de sa chambre. Compris dans les mesures prises contre ceux qui composent la maison du *comte de Lille*, cet individu n'a aucun titre pour mériter votre sévérité, et il en a un bien réel pour obtenir une exception. Son fils, officier du génie, et l'un des élèves distingués de cette école polytechnique d'où sont sortis tant de braves, a prouvé, par une mort glorieuse aux champs de la Moskwa, qu'il était digne de placer son nom parmi les leurs. Que le

(*) *Correspondance de Napoléon*, 1er. avril.

dévouement du fils sollicite pour le père, qui, durant tout le règne de Votre Majesté, s'est montré sujet fidèle, et qui, n'étant pas riche, a moins repris ses fonctions auprès du Roi par inclination, que par besoin (1).

Paris, 5 avril 1815.

---

(1) Cette demande, aussi-bien qu'une multitude de mesures exceptionnelles, fut accueillie. Celle-ci le fut à la sollicitation d'un homme de lettres qui, ayant donné quelques soins à l'éducation du jeune homme, avait obtenu en retour une reconnaissante amitié. Depuis, le père, *livré à l'esprit de parti,* montre chaque jour contre l'ami de son fils, la plus plate ingratitude.

LETTRE XIIIe. (*)

Les signataires de l'adresse du conseil municipal de Paris, qui, contre le serment qu'ils avaient fait à Votre Majesté, ont provoqué sa déchéance, et ont, les premiers, donné l'exemple de la rébellion, viennent d'être écartés et vont être remplacés. Sur quatorze signatures dont cette adresse est revêtue, une seule a attiré sur son auteur votre sévérité; et comme citoyen autant que comme Ministre, Sire, je vous en félicite. Quand l'hydre est frappée à la tête, qu'importent les efforts impuissans du reptile! D'ailleurs, l'autorité peut et doit donner d'autant plus à l'indulgence, que les dissidens ont plus donné à ce que leur faiblesse leur a pu faire croire la nécessité.

Paris, 6 avril 1815.

(*) *Correspondance de Napoléon*, 2 avril.

LETTRE XIVᵉ. (*)

J'AI l'honneur de proposer à Votre Majesté le décret dont elle m'a demandé le projet par ses ordres du 2 avril.

« NAPOLÉON, par la grâce de Dieu et les constitutions, Empereur des Français, etc.

Sur le rapport qui nous a été présenté par nos Ministres de l'intérieur, de la guerre et des finances, touchant la levée, l'armement et l'équipement des corps désignés sous le nom de *volontaires royaux* :

Considérant que l'instant de notre retour a dû être le terme des enrôlemens et de l'organisation desdits volontaires ;

Et que, dans les départemens où ces enrôlemens et cette organisation ont eu lieu,

(*) *Correspondance de Napoléon*, 2 avril.

ils ont été remplis aux frais de ces départemens ;

Ordonnons ce qui suit :

1. Sur la simple publication du présent décret dans le Bulletin des lois, toute levée de corps dits de *volontaires royaux*, ou autre, cessera, sous peine de rébellion à main armée.

2. Tout armement et équipement de volontaires, suite de leur enrôlement, seront suspendus, sous les mêmes peines.

3. Les volontaires sont tenus, sous peine de désobéissance militaire, de remettre leurs armes et leurs effets d'habillement et d'équipement au commissaire préposé par les préfets à cet effet.

Cette remise aura lieu dans la huitaine qui suivra la publication du présent décret.

4. Les enrôlés, dits *volontaires royaux*, se retireront, aussitôt la notification du présent décret, par-devant la mairie de leur garnison respective, où ils recevront des feuilles de route pour se rendre dans leurs foyers.

5. Tout ordre contraire au présent décret, de quelqu'autorité qu'il soit émané, est déclaré nul et non-avenu.

Notre Ministre de l'intérieur est chargé de l'exécution du présent, etc. »

Paris, 6 avril 1815.

LETTRE XVe.

PARMI les *bonnes villes* qui doivent attirer l'attention du gouvernement, Lyon mérite de la fixer à plus d'un titre. Son plus recommandable est dans l'importance de son commerce, qu'une protection éclairée avait, en quelque sorte, fait sortir de ses ruines. Ce commerce suppose une population immense, industrieuse, active, chez laquelle se forme vite et se propage rapidement l'opinion politique, qui n'est peut-être qu'un intérêt transformé, mais du moins éclairé et légitime. Cette opinion, ces intérêts ont besoin d'avoir un centre d'où ils émanent, auquel ils remontent, et qui leur imprima un impulsion régulière et égale dans des temps

(*) *Correspondance de Napoléon*, 2 avril.

ordinaires, soit capable de presser leur mouvement quand les crises orageuses succèdent au calme. Ce centre est l'autorité municipale. Dans les villes d'un autre ordre, cette autorité, placée dans l'hiérarchie administrative sous la surveillance immédiate des sous-préfets, est encore dominée par la main toute-puissante du conseil d'Etat. Administrativement parlant, Lyon doit recevoir la même influence sans doute, mais à laquelle doit se joindre, toutefois sans la combattre, celle de sa localité. C'est donc cette dernière, premier jet de l'opinion, que j'ai dû consulter dans les changemens auxquels les circonstances ont soumis le conseil-général. Ceux qui le formaient ne possédaient pas la confiance de la ville, et leurs noms seuls troublaient la tranquillité des ateliers : ils sont remplacés par des citoyens qui ont donné de nombreuses garanties à la révolution, dont le 20 mars doit achever de consolider les intérêts.

Paris, 8 avril 1815.

LETTRE XVIe.

Par les décrets impériaux de ce mois, Votre Majesté, après avoir ordonné la formation des trois cent mille deux cent quarante grenadiers et chasseurs de la garde nationale, a cru devoir les mobiliser : leur habillement et équipement complet sont donc de toute nécessité. A raison de 135 fr. 35 c. par homme, ils exigent une dépense de 40,649,493 francs 60 cent.

Vous voudriez, Sire, que les grenadiers et chasseurs de la garde nationale fussent aussi complétement habillés, équipés et armés, et dans une tenue aussi parfaite que ceux des troupes de ligne ; mais outre que les draps, les étoffes et les matières nécessaires sont devenus rares, en raison de l'immense consommation qu'en a faite le Ministre de la guerre, la pénurie des fonds réellement disponibles, force de restreindre cette fourniture aux objets les plus indispensables, tels que les capottes, les schakos, les effets de petite monture. Ainsi réduite, cette dépense étant pour chaque homme de 79 fr. 67 c., elle s'élève, pour les trois cent mille deux cent quarante grenadiers et chasseurs, à la somme de 23,920,120 fr. 80 c. laissée à la charge des départemens.

Jusqu'à ce qu'une loi détermine la répartition proportionnelle entre les contribuables, je proposerai à Votre Majesté d'y pourvoir par différens moyens, suivant les circonstances et les localités.

Je lui demanderai d'affecter aux dépenses de l'habillement et de l'équipement :

1°. Le produit de la taxe de remplacement, fixée à 120 francs par homme se faisant remplacer ;

2°. Le prélèvement d'un dixième sur les revenus communaux ;

3°. Un prélèvement sur le produit du quart de réserve des biens communaux ;

4°. Un fonds de secours de six millions à prendre dans la caisse d'amortissement, moitié sur les fonds de 50 pour 100 sur le produit de la vente des bois communaux, moitié sur les fonds provenant des communes aujourd'hui étrangères à la France.

Il est à observer que le produit de la taxe de remplacement, en l'évaluant de 10,000 à 15,000 francs par département où la garde nationale a été mise en activité, donnera à peine un million.

Les offrandes patriotiques accroissent chaque jour cette ressource : déjà plus d'un dixième des hommes mis en activité s'est habillé et équipé à ses frais.

Par approximation, les trois produits pourront couvrir un tiers de la dépense des 23,920,120 fr. 80 c.

Il restera donc à faire face à une dépense de 15,946,747 francs 20 cent., et à rembourser les divers emprunts faits aux caisses communales, afin d'y réintégrer les fonds qui ont une application nécessaire.

Mais les produits du prélèvement du dixième sur les revenus communaux, et ceux du quart de réserve sur les bois, seront nécessairement au-dessous de leur évaluation; car, comme il n'a pas été possible de disposer librement de cette ressource, à cause du mode de comptabilité établi par la loi du 2 septembre 1814, pour les fonds spéciaux, elle a été presque nulle.

Je présenterai à la signature de Votre Majesté le décret qui accorde un secours de 6,000,000 francs, sur lesquels la somme de 100,000 fr. a provisoirement été ordonnancée et mise en distribution. Cette première avance sert à fonder le crédit des préfets.

Presque tous ont passé des marchés, et hâté, avec un zèle infiniment recommandable, le versement et la distribution ou l'envoi à leurs bataillons d'élite, des divers objets d'habillement et d'équipement. L'Empereur comprendra qu'il est de la dernière urgence de metre à leur disposition, et dans les valeurs les plus positives, les fonds nécessaires pour acquitter, à mesure des livraisons, les engagemens qu'ils ont pris.

Quant à l'armement, le grand nombre de fusils de calibre qui ont été retrouvés et réparés, et les distributions d'armes neuves ordonnées par le Ministre de la guerre, ne doivent laisser aucune inquiétude.

Paris, 15 avril 1815.

LETTRE XVIIe.

Parmi les nombreux pamphlets que les circonstances font naître, il en est un que le public a distingué, et dont Votre Majesté m'a ordonné de lui rendre compte: c'est une *Adresse à l'Empereur*, pensée sans profondeur il est vrai, mais écrite avec une sorte d'énergie qui ressemble à l'audace, et qui a l'avantage d'être l'écho de l'opinion. C'est l'opuscule d'un bon citoyen (*M. Rey*), chez lequel la politique n'est que du patriotisme : c'est peut-être, au surplus, la seule admissible à une époque qui, avec les efforts de 1789, en nécessite les sentimens. A la suite de la déclamation qui remplit les premières pages de cette brochure, on trouve quelques vues positives qui, à force d'avoir été rebattues sans qu'on y ait eu égard, peuvent paraître nouvelles ; surtout elles sont saines, utiles, faciles à admettre en principe, et ne présentent, dans l'application, aucun obstacle insoluble. L'Empereur, que la vérité n'épouvante pas, et à qui, au contraire, le malheur en a donné le goût, ne lira pas celles-ci sans intérêt, et peut-être sans reconnaissance. Les tyrans seuls proscrivent ceux qui les éclairent.

« Que l'édifice de ton nouveau règne, s'écrie l'auteur en s'adressant à Napoléon, repose sur les seules bases que rien ne saurait détruire ! Ne cherche point à donner à ton pouvoir une étendue demesurée ; mais fais toi-même des efforts pour le restreindre dans de justes bornes : il n'en sera que plus solide. Que le peuple français jouisse enfin d'une représentation vraiment nationale, et fondée sur les garanties politiques ; que les représentans infidèles ne soient plus comblés d'honneurs et des faveurs de la fortune, mais qu'ils soient justement méprisés ; que la sûreté individuelle du plus obscur citoyen soit aussi sacrée que celle du premier magistrat ; que la belle institution des jurés, de ce droit consolateur d'être jugé par ses pairs, soit rétablie dans toute sa pureté, et ne soit plus étouffée sous le poids des jurisdictions spéciales ; que l'ordre judiciaire soit rappelé à sa vraie dignité, celle de l'indépendance de tout pouvoir autre que celui de ses devoirs ; que la confiscation des biens, peine injuste, puisqu'elle frappe la famille innocente du coupable ; aliment de tyrannie, puisqu'elle offre un appât à tout fauteur du despotisme ; que cette peine odieuse disparaisse à jamais du Code de nos lois pénales. Et s'il importe au repos des Etats que la personne du monarque soit inviolable, il importe au bonheur du peuple que la responsabilité des ministres ne soit point illusoire. Enfin, que la liberté de la presse, ce palladium de toutes les libertés, soit un article fondamental et respecté du pacte des Français (1). Il est absurde de vouloir sans cesse

---

(1) Après avoir divagué d'erreurs en crimes pendant cinq ans sur ce qu'on appelle si ridiculement la liberté de la presse, on se décide enfin à rentrer dans les principes, et ce retour, en cette matière, vient d'être marqué par le discours du Garde-des-Sceaux, en présentant les projets relatifs à l'*Usage des instrumens de publication*, à la *Diffamation* et aux *Garanties de journaux*. Le premier de ces projets, dont il faut

la confondre avec la licence, sa plus cruelle ennemie. Cette liberté seule, au contraire, peut, d'une manière salutaire et sans déchirement, s'opposer à la licence de la presse,

---

croire qu'une discussion consciencieuse écartera le vague dangereux, fut indiqué, il y plus d'un an, par un publiciste qui, depuis long-tems, sème en silence des idées dont d'autres mains recueillent les fruits. Sous un autre nom, il n'avait pas même oublié le délit que le ministère désigne aujourd'hui sous celui de *diffamation*. Voici ce qu'écrivait ce publiciste:

« Il n'y a point, il ne peut y avoir de *délits de la presse*, par la même raison qu'il ne peut y avoir de délit de pensée et de crimes en parole (par la raison encore qu'il serait ridicule de prétendre qu'il y a des *délits du poignard*, *de l'arsenic* et *du pistolet*). Transporter, dans l'ordre métaphysique, des raisonnemens qui ne sont soutenables que dans un ordre opposé, et discuter ces prétendus délits de la même manière qu'on discuterait, soit la moralité, soit la pénalité de l'empoisonnement ou de l'assassinat, c'est dénaturer la question. Pour la replacer sur son terrain, il ne s'agit pas même d'apprécier quelles peuvent être les suites de l'abus de la presse (car si ces suites sont des actes, ils rentrent dans la catégorie de toute espèce d'actions innocentes, indifférentes ou criminelles), mais de définir cet abus en lui-même. Quand, par

qui ne prit jamais naissance que dans l'oppression. Elle seule peut arracher à la calomnie son masque hideux et son venin détestable. Sans elle il ne peut exister, pour le

---

son article 8, la Charte a posé en principe qu'il y aurait des lois pour *réprimer* cet abus, elle n'a pas entendu, elle n'a pu entendre que ces lois seraient faites pour le *prévenir*. Elle a voulu que la législation définît, et que les tribunaux pussent châtier le seul délit dont l'usage de la presse puisse être vicié. Or, ce délit est *la calomnie* (Le ministère vient de le remplacer par la *diffamation*). Il se commet également et plus efficacement par des libelles diffamatoires, que par des discours injurieux. Mais qu'est-ce qu'un *libelle*? c'est un écrit publié par la voix de l'impression ou par toute autre, qui contient des imputations fausses, d'où l'on peut déduire des conséquences injurieuses. Que cet écrit, que ce libelle soit dirigé contre l'autorité ou contre les particuliers, peu importe: il y a également calomnie, quoiqu'elle soit inégalement punissable. Que le moraliste définisse donc la *calomnie*, que le législateur en fixe les *degrés*, et quel qu'en soit *l'organe*, ou pour parler avec plus de précision, quel qu'en soit *l'instrument*, que le magistrat la punisse. »

On remarquera, sans efforts, que l'esprit de la nouvelle loi est tout entier dans ce court paragraphe.

faible opprimé, de moyen efficace de faire parvenir sa voix jusqu'aux pieds du trône. Sans elle, il ne peut exister de véritables lumières pour les princes; et sans elle, le meilleur des rois doit inévitablement devenir la victime de l'erreur et de la malveillance. »

Paris, 15 avril 1815.

LETTRE XVIIIe.

Sire,

Le Ministre de la police vient de m'envoyer, par vos ordres, le rapport qui lui a été fait sur le délit dont M. de Saint-Pern est accusé. Il s'agit d'avoir porté la croix de Saint-Louis et la décoration du Lis, depuis le retour de Votre Majesté, et contrairement à ses décrets de Lyon. Le Ministre paraît d'avis de faire poursuivre ce délit avec vigueur, et il ne manquera pas de se trouver des juges pour le punir avec sévérité. Je serai d'un sentiment tout-à-fait contraire. Lorsque, dans une ville française, et de l'intérieur, de hardis contre-révolutionnaires, abusant de l'occupation momentanée de l'ennemi, ont eu le front d'arborer, sur leur poitrine, des signes d'hostilités contre le gouvernement établi (signes qui étaient aussi ceux de l'alliance avec le gouvernement détruit, et essayant de se relever, autant par la ruse que par la violence), ces téméraires étaient criminels de haute trahison, et j'en appelerais à la bonne foi du *Prétendant* lui-même, pour prononcer qu'ils furent inexcusables; mais il n'y a nulle parité entre cet exemple de janvier 1814, et celui auquel on l'assimile en avril 1815. Alors, l'esprit de sédition, de révolte, d'anarchie, commit le crime qui, prenant pour auxiliaire un ennemi passagèrement vainqueur, pouvait empirer la guerre étrangère de toutes les horreurs de la guerre civile. Aujourd'hui, l'entêtement absurde, les vains regrets, quelques espérances peut-être, je le veux, n'ont pu se refuser un délit qui n'est, au demeurant, qu'une mutinerie et une insulte. Sans contredit, il faut les réprimer; mais le gouvernement est déjà trop fort pour les punir. Qu'un profond dédain en fasse justice. Les royalistes disent que Votre Majesté tremble: ils le croiraient, si l'on punissait une pécadille. Que le bruissement d'un hochet ne trouble pas cette tête où s'assoient de nouveau les destins de la

6.

terre. L'exemple du peuple est bon à suivre ici : avec un sens parfait, il apprécie au plus juste ces colifichets, qui n'ont de prix que par l'opinion. L'étoile de la Légion-d'Honneur rayonne d'une gloire de trente années; mais, depuis trente ans (la Vendée excepté), de quoi peut briller l'ordre, jadis honorable, de Saint-Louis ? Que signifie surtout l'ordre du Lis, et qu'est-ce qu'il représente ? des chimères, comme les prétentions de ceux qui le portent.

Paris, 17 avril 1815.

LETTRE XIXe.

Votre Majesté a rétabli sur ses anciennes bases, l'armée dont le gouvernement des Bourbons avait dispersé les élémens. Tous les braves ont reconnu votre voix, Sire, et se sont ralliés à vos aigles. L'armée française commence à se reformer sur un pied respectable. Les différentes armes seront relativement dans la proportion nécessaire, et les forces convenablement réparties sur les différentes frontières de l'empire. Toutes les branches du service militaire reçoivent une nouvelle impulsion. J'en présenterai successivement l'analyse à Votre Majesté, en me bornant, pour aujourd'hui, au tableau rapide, mais exact, de la force des armées.

Au 1er. avril 1814, l'armée française, soit en campagne, soit dans les places fortes et garnisons d'Allemagne, d'Italie, d'Espagne et de France, se composait de 450,000 combattans ; et si l'on y comprend 150,000 prisonniers, soldats les plus aguerris, qui devaient nous être rendus, la force totale de l'armée s'élevait encore à 600,000 hommes. On ne comprend point, dans cette énumération, la levée des conscrits de 1815, parce que, sur les 160,000 conscrits mis à la disposition du gouvernement, 45,000 seulement ont été appelés.

Inquiet, effrayé de ses propres forces (1), le gouvernement royal fit de longs et vains efforts pour les dissoudre. Les provocations à la désertion, les encouragemens offerts par les agens des puissances étrangères, l'abandon des armes et des effets militaires, laissaient encore dans les rangs 250,000 vieux soldats ; et, pour ébranler leur fidélité, pour mutiler l'armée jusqu'à la proportion prescrite par un système de finances, dont toutes les économies devaient uniquement peser sur l'armée, il fallait encore expulser 110,000 braves.

---

(1) *Littéralement* conforme au rapport officiel et maintenant historique du 13 juin.

Le désordre fut grand, la désorganisation si rapide, qu'on fut obligé de faire un rappel de 60,000 hommes au mois de novembre 1814; mais la confiance était perdue : au 20 mars, 35,000 hommes seulement étaient rentrés, et cette force de plus de 600,000 hommes se trouvait, en moins d'un an, réduite à 175,000.

Depuis le 20 mars, en un mois, l'armée de ligne s'est élevée de 175,000 hommes à plus de 250,000 : j'ai acquis la certitude qu'avant juillet elle sera portée à plus de 400,000. Je la suppose, en juin, de 375,000, sur des données incontestables, dont le résultat se vérifie par le détail suivant (1) :

Enrôlemens volontaires	20,000 h.
Anciens militaires rappelés sous les drapeaux	80,000
Vieux soldats rentrés dans les cadres des bataillons d'élite des gardes nationales............	25,000

(1) Ce nombre était dépassé, lors de la bataille de Waterloo. Voyez le *Rapport du 13 juin*.

Militaires en retraite formés en 55 bataillons et 36 compagnies d'anciens canonniers	33,000
Seize régimens de jeune garde qui avaient été dissous..........	20,000
Grenadiers et chass. de la vieille garde, infanterie ou cavaliers rentrés sous leurs aigles.......	5,000
Cinquante compagnies de canonniers gardes-côtes réorganisés.	6,000
Chasseurs des Pyrénées et des Alpes......................	6,000
Huit régimens étrangers........	12,000

Cette masse de 200,000 hommes, si l'on en excepte quelques enrôlés volontaires, se compose toute d'anciens soldats ; et ne comprenant point d'hommes au-dessous de vingt ans, laisse intactes les ressources pour le recrutement.

La force de l'armée de ligne s'accroît chaque jour par les élémens que je viens d'indiquer à Votre Majesté, et dans une proportion qui permet d'espérer qu'avant la campagne d'hiver elle pourra s'élever au-delà de 500,000 hommes.

D'un autre côté, 417 bataillons de grenadiers et chasseurs choisis sur la masse des bataillons de garde nationale, et tous composés d'hommes de l'âge de vingt à quarante ans, sont destinés à former les garnisons des places, et les réserves déterminées dans le plan de défense des frontières.

Sur ce nombre de 417 bataillons, 240 ont déjà été mis en marche, et l'effectif de ceux qui sont arrivés à leurs destinations était, au 10 avril, de plus de 100,000 hommes (1).

La formation successive des autres bataillons, et le complément, produiront encore 200,000 hommes.

On ne comprend point, dans ces bataillons, les 106 compagnies d'artillerie de garde nationale, complétement organisées dans les différentes places, et qui donnent une force de 12,000 canonniers.

---

(1) Ce nombre, au 18 juin (à Waterloo), était de 155 à 160 mille hommes. (*Voyez* les *Bulletins*, et la *Campagne de* 1815, par le général Gourgaud.)

Ainsi, 850,000 Français vont défendre l'indépendance, la liberté, l'honneur de la patrie; et pendant qu'ils combattront, la masse des gardes nationales sédentaires, aussi fortement, aussi régulièrement organisées que les élites, ajoute dans les places fortes, dans tous les postes, dans toutes les villes de l'intérieur, de nouvelles ressources pour le triomphe de la cause nationale.

Paris, 18 avril 1815.

LETTRE XXe. (*)

QUOIQUE la révolte d'une petite partie du Midi ait cessé de menacer Lyon, et que la marche des troupes sorties de cette ville et de Grenoble ait forcé les insurgés à une retraite précipitée, j'ai, conjointement avec le Ministre de la police, et après avoir pris les ordres de Votre Majesté, prescrit les changemens utiles dans la municipalité et dans l'état-major de la garde nationale. Je dis les changemens utiles et non indispensables, car le danger est passé; mais il est bon que, s'il se reproduisait, les autorités municipales et la garde nationale soient, comme le dit Votre Majesté, *à la hauteur de l'opinion du peuple.* Le Comte Rœderer

(*) *Correspondance de Napoléon*, p. 27.

a des ordres positifs à cet égard. Ses instructions, et mieux encore son expérience, l'auront convaincu qu'en cas de nouvelle crise, il faut que Lyon nous offre toute la force de sa population. Le préfet a reçu l'ordre exprès de porter la garde nationale à dix mille hommes au moins. Celle du faubourg de la Guillotière et autres faubourgs sera organisée avec soin, aussi-bien que les deux compagnies de canonniers. J'apprends que le général Brayer vient d'arriver à Lyon, où il commandera provisoirement. Une semblable opération est urgente, et sera faite dans toutes les villes de la 19e. division militaire. Pour me conformer aux instructions de Votre Majesté, j'ai écrit dans ce sens au conseiller-d'Etat Thibaudeau et à M. Marchant, commissaires impériaux : ils utiliseront leurs missions, purgeront les municipalités et organiseront les gardes nationales sur le principe du dixième de la population.

Paris, 20 avril 1815.

LETTRE XXIe. (*)

Des renseignemens sûrs m'ont été envoyés des départemens du Pas-de-Calais et du Nord : il en résulte que la faction, éternellement ennemie de l'indépendance nationale, de la liberté publique et de toutes les gloires que vingt-cinq années d'efforts nous ont acquises, ne cesse de travailler à les compromettre, soit en neutralisant les mesures ordonnées par le gouvernement, soit en les exagérant. Le nouveau préfet, par ses lumières, son expérience et son dévouement, est très-capable de déjouer cette double et perfide manœuvre. Votre Majesté lui a adjoint, pour l'aider dans cette besogne, le baron Costaz, qui, sous tous les rapports,

---

(*) *Correspondance de Napoléon*, p. 31 et suiv.

est en état de la bien remplir. Il parcourt, dans ce moment, ces départemens, plus travaillés encore par l'aristocratie, qu'exposés à l'ennemi. Il a déjà changé la plupart des sous-préfets, un grand nombre de maires, et presque tous les employés des régies. C'est dans ces derniers surtout que s'est manifesté le plus mauvais esprit. Toutefois, je ne flétris pas de ce nom l'attachement à la personne du Roi ou à celle des Princes: un sentiment, quand il est produit par la conviction, est toujours estimable; mais ce qui ne saurait l'être, dans toute hypothèse, c'est quand ce sentiment n'est qu'un prétexte pour en étaler de dangereux. C'est ce qui arrive dans la circonstance actuelle. Cette maligne influence ayant gagné la garde nationale, le commissaire impérial en a déjà changé les commandans et les officiers à Arras et à Douai. De là, il s'est transporté à Lille où il est, et où se continue la même opération. Cette mesure devient de jour en jour plus indispensable: il le sera probablement aussi de substituer à l'indulgence, qui enhardit quand elle ne touche pas, quelques déterminations sévères qui retiennent les méchans. Vous autoriserez donc le baron Costaz à lancer, au besoin, des mandats d'arrêt contre les agitateurs du dedans, et surtout contre les détestables partisans de l'étranger.

Paris, 21 avril 1815.

LETTRE XXIIe. (*)

Le mouvement tenté dans le Nord a été arrêté aussitôt qu'essayé, et ses chefs punis aussitôt que connus. L'opinion des principales villes de ces départemens repose toute entière sur quelques petits intérêts locaux, favorisés par les ordonnances royales. Il en est de même de Bordeaux, qui perdait tout au système continental, et de Marseille, qui doit son royalisme à la franchise de son port. Le gouvernement des Bourbons, parmi les singularités qui le distinguent, a cela de remarquable, que sans cesse il decend de l'intérêt général pour se rapetisser aux exceptions privées : vrai moyen de faire un ingrat et mille mécontens. Les flatteurs ont appelé

(*) *Correspondance de Napoléon*, p. 33.

ce gouvernement paternel ; mais un gouvernement doit-il l'être ? le peut-il ? Au moment où il devient sensible, il cesse d'être juste, et la justice doit seule s'asseoir sur le trône, n'ayant pour compagnons que l'honneur et la liberté.

Paris, 21 avril 1815

LETTRE XXIIIe. (*)

Sire,

Par sa lettre du 15 de ce mois, l'auditeur G. de M., que Votre Majesté a délégué en Corse, m'écrit qu'arrivé à Bastia, il a pris, sur l'objet de sa mission, tous les renseignemens qui pouvaient la diriger. La junte extraordinaire a été dissoute. Une proclamation a ordonné à toutes les troupes de revenir en France, et a fait un appel martial au patriotisme des habitans, pour défendre la Corse. Le général Delaussay et le préfet ont reçu l'autorisation nécessaire pour l'organisation provisoire des gardes nationales, selon les habitudes du pays. Tout fait espérer

(*) *Correspondance de Napoléon*, p. 37.

que, dans telles circonstances que ce soit, elles pourront se porter, au besoin, sur les points menacés. On annonce comme prochaine l'arrivée du duc de Padoue, chargé des pouvoirs extraordinaires de Votre Majesté. Il achèvera l'organisation des gardes nationales de la Corse, par Bastia, Ajaccio, San-Balsamo, Corte, etc. Tous les employés nommés par le Roi, et déjà destitués, seront renvoyés en France. Selon l'intention expresse de Votre Majesté, un bataillon de cinq cents hommes, tous Corses, sera formé sans délai, et envoyé à Porto-Ferrajo, pour la défense de l'île, sous les ordres du général Dalesme, qui en est gouverneur. Il aura à sa disposition six étoiles d'officiers de la Légion-d'Honneur, et trente étoiles de légionnaires, afin de récompenser ceux des habitans qui se sont le plus distingués lors du retour de Votre Majesté. Il n'y aura de conservé dans les emplois, que les Français nommés avant le mois d'avril 1814; cependant, comme il importe de ne pas faire de mécontens, le duc de Padoue a la recommandation expresse de conserver dans leurs fonctions ceux des Corses qui ont été nommés par le Roi, et qui, sous le rapport moral, se sont bien conduits. Telles sont sommairement ses instructions.

Paris, 22 avril 1815.

LETTRE XXIVe. (*)

L'ESPÉRANCE de la patrie est dans les conscrits, ses ressources sont dans les vétérans. Vous l'avez senti, Sire, en ordonnant que ces derniers seraient invités à la défendre de nouveau. Ces cœurs, qui toute leur vie ont palpité pour la gloire, saisiront avec transport l'occasion d'en recueillir encore. En est-il une plus solide que de défendre son prince et son pays ? Une circulaire, adressée à tous les préfets, sous préfets et maires, réclame les services de ces vieux braves, et leur offre des avantages. Il leur est loisible de rejoindre leurs drapeaux, ou de se réunir aux corps nouvellement formés dans les départemens. Dans l'un et l'autre cas, l'arriéré

(*) *Correspondance de Napoléon*, p. 35.

de leur ancienne solde leur sera alloué, et l'échelle d'avancement comptera du 30 mars 1814.

Paris, 22 avril 1815.

LETTRE XXVe. (*)

SIRE,

Ci-joint l'état des approvisionnemens de réserve de la ville de Paris, en blé et en farine, conformément aux ordres de Votre Majesté. Il en résulte que, sous ce rapport important, cette grande ville non-seulement ne court aucun danger, mais ne peut éprouver la plus légère inquiétude. La publication de ce compte exact, dépouillé sur les mercuriales de la semaine, est le meilleur encouragement pour les patriotes, et sa réponse la plus péremptoire aux malveillans. A les entendre, la famine, en même temps que la guerre, étaient revenus avec l'Empereur : ce bordereau prouve clairement qu'avec la gloire l'abondance a reparu.

Paris, 23 avril 1815.

(*) *Correspondance de Napoléon*, p. 42.

LETTRE XXVIe.

J'OCCUPERAI un moment Votre Majesté des travaux de Paris. Ils ont toujours fixé votre attention spéciale, parce qu'ils n'ont pas eu seulement pour objet l'embellissement de la capitale, mais qu'à ces grands projets tenaient de grandes vues d'utilité.

La construction du vaste édifice des greniers de réserve a été reprise, et est déjà fort avancée.

Le palais de la Bourse, établissement qui manquait à la ville de Paris, sera l'un de ses plus beaux monumens. Jusqu'en 1814, les travaux avaient été poussés avec la plus grande activité. Ils ont recommencé dans quelques parties ; mais ils ne seront repris en totalité que quand les circonstances permettront à votre Ministre de vous demander des fonds, destinés aujourd'hui à un emploi plus urgent. Avant d'embellir la France, il faut la sauver.

La restauration de la métropole est presque

terminée : elle l'est du moins dans ses parties nécessaires ou utiles, et ce qui reste à terminer est tout de luxe et de détails. On a repris et on hâte la réparation de l'Eglise de Saint-Denis. La construction de la Madelaine, reprise sur un meilleur plan, promet dans quelques années, à la capitale, un monument fait pour honorer l'architecture française.

Divers établissemens, tels que l'hôtel des Postes et celui des Affaires étrangères, sont en construction.

D'autres grands monumens sont commencés sur divers points : plusieurs sont destinés à transmettre aux siècles futurs la gloire de nos armées. Ils étaient suspendus depuis un an : espérons que la paix nous permettra bientôt de les reprendre, et d'y inscrire les nouveaux titres des braves qui vont combattre pour notre indépendance (1).

Paris, 24 avril 1815.

---

(1) Dans un RECUEIL DE PIÈCES OFFICIELLES SUR LE PRISONNIER DE S[TE]. HÉLÈNE (à Paris, chez *Plancher*), on lit cette réponse aux assertions de lord Bathurst, « que Napoléon avait à sa disposition *des trésors considérables.* »

« Vous voulez connaître les trésors de Napoléon? ils sont immenses, il est vrai, mais exposés au grand jour. Les voici: Le beau bassin d'Anvers, celui de Flessingue, capable de contenir les plus nombreuses escadres et de les préserver des glaces de la mer; les ouvrages hydrauliques de Dunkerque, du Hâvre, de Nice; le gigantesque bassin de Cherbourg; les ouvrages maritimes de Venise; les belles routes d'Anvers à Amsterdam, de Mayence à Metz, de Bordeaux à Bayonne; les passages du Simplon, du Mont-Cénis, du Mont Genêvre, de la Corniche, qui ouvrent les Alpes dans quatre directions: ces passages qui surpassent en hardiesse, en étendue, en grandeur, en efforts de l'art, et surtout en utilité, tous les travaux des Romains. Les routes des Pyrénées aux Alpes, de Parme à la Spézia, de Savone en Piémont; les ponts d'Jéna, d'Austerlitz, des Arts, de Sèvres, de Tours, de Roanne, de Lyon, de Turin, de l'Isère, de la Durance, de Bordeaux, de Rouen, etc., etc. Le canal qui joint le Rhin au Rhône, par le Doubs, unissant les mers de Hollande avec la Méditerranée; celui qui unit l'Escaut à la Somme, joignant Amsterdam à Paris; celui qui joint la Rance à la Vilaine; le canal d'Arles, celui de Pavie; celui du Rhin. Le dessèchement des marais de Bourgoin, du Cotentin, de Rochefort. Le rétablissement de la plupart des églises démolies pendant la révolution; l'élévation d'un grand nombre de nouvelles; la construction d'un nombre considérable d'établissemens d'industrie et d'ateliers, pour l'extirpation de la mendicité; la création des dépôts pour le même objet et pour arriver à ce résultat. L'achèvement du Louvre; la construction des greniers publics, du palais de la Banque, du canal de l'Ourcq, la distribution de ses eaux dans la ville de Paris, par plusieurs châteaux-d'eau; un certain nombre de fontaines du premier ordre, et un nombre immense de bornes-fontaines; les nombreux égouts; quatre mille toises de quais; les embellissemens et les monumens de cette grande capitale. Ses travaux pour l'embellissement de Rome; le rétablissement des manufactures de Lyon. La création de plusieurs centaines de manufactures de coton, de filature et de tissage, qui emploient plusieurs millions d'ouvriers. Des fonds accumulés pour créer plus de quatre cents manufactures de sucre de betterave pour la consommation d'une partie de la France, qui auraient fourni du sucre au même prix que celui des Indes, si elles eussent continué d'être encouragées seulement encore quatre ans. La substitution du pastel à l'indigo, qu'on fût venu à bout de se procurer en France à la même perfection et à aussi bon marché que cette production des colonies. Nombre de manufactures pour l'usage de toute espèce de procédés d'arts applicables, selon la théorie de sciences anciennes et perfectionnées, et de sciences nouvelles. Cinquante millions employés à réparer et à embellir les palais de la couronne. Soixante millions d'ameublemens placés dans les palais de la couronne en France, en Hollande, à Turin, à Rome. Soixante millions de diamans de la couronne, tous achetés avec l'argent de Napoléon. Le *Régent* même, le seul qui restât des anciens diamans de la couronne de France, ayant été retiré par lui des mains des juifs de Berlin, auxquels il avait été engagé pour trois millions. Le Musée Napoléon, estimé à plus de quatre cents millions, et ne contenant que des objets légitimement acquis, ou par de l'argent, ou par des conditions de traités de paix connus de tout le monde, en vertu desquels ces chefs d'œuvre furent donnés en commutation de territoire ou de contributions. Plusieurs millions amassés pour l'encouragement de l'agriculture, qui est l'intérêt premier de la France. L'institution des courses de chevaux, l'introduction des mérinos, etc., etc., etc.

Voilà une partie des *Trésors de Napoléon* : ils se montent à plusieurs milliars, et dureront des siècles. »

N. B. On se contente de rapporter ici cette note *comme renseignement historique*, sans en approuver ni improuver le contenu, qui, ne renfermant *que* DES FAITS, est facile à démontrer, s'ils sont vrais, plus aisé à détruire, s'ils sont faux ou altérés.

Quoique l'ouvrage d'où cette note est extraite ait été saisi, on croit d'autant moins que ce soit elle qui ait motivé ou prétexté cette rigueur, que sa publication avait été précédée par celle d'une pétition que l'éditeur (*Plancher*) a présentée à la Chambre des députés, « afin d'obtenir, dans la *loi sur les publications*, » une mesure QUI DÉCHARGE DE LA RESPONSABILITÉ les libraires » qui se seraient soumis aux formalités. » Pour justifier l'insertion de cette note dans ce nouvel ouvrage, il en appelle à cette pétition, également fondée sur la justice générale et sur les intérêts particuliers.

LETTRE XXVIIe.

Votre Majesté a toujours fait consister une partie de sa gloire à élever des monumens qui attestent la richesse et la grandeur de la nation, à ordonner des travaux dont l'exécution fût une source de prospérités.

Les peuples voisins qui, pendant quelques années, ont été agrégés à l'empire, ont en partie profité de ce système.

Les belles routes des Alpes, le pont de Turin, celui de la Doire, le canal de Mons, les écluses d'Ostende, le bassin maritime d'Anvers, sont les meilleures réponses qu'on puisse faire à ceux qui disent que la spoliation des pays où nous pouvions pénétrer, était le but de nos conquêtes. Désormais la France devra seule recueillir les bienfaits d'une administration vigilante. Chez nous, les travaux n'avaient jamais cessé, même pendant la guerre : que ne devons-nous pas espérer de votre protection spéciale, Sire, pour cette source de sa prospérité publique, quand nous aurons consolidé la paix ? Au nom de soixante mille ouvriers qui vous ont nommé *le grand Entrepreneur*, et dont les enfans vous demandent du pain, je réclame cette protection prévoyante qui, comme une providence, s'étend [illegible]. Certain de n'être pas désavoué, j'ai d[illegible] un certain nombre d'ateliers, et j'[illegible] créé quelques nouveaux. J'attends de Votre Majesté des instructions pour les coordonner à un plan général et uniforme, et des fonds qui me permettent de faire fructifier leurs labeurs.

Paris, 25 avril 1815.

LETTRE XXVIIIe.

Vous m'avez ordonné, Sire, de vous rendre compte de la situation du clergé : voici les renseignemens que ma correspondance et les instructions déposées au ministère, me permettent de donner à Votre Majesté. Je diviserai ces renseignemens en deux objets distincts : 1°. le clergé catholique, dans sa situation intérieure et avec lui-même ; 2°. le clergé dans ses rapports avec le Pape.

Contre le vœu de la raison publique, en opposition formelle avec nos constitutions, mais par la force jusqu'alors invincible des circonstances, le clergé, qui a cessé de former un ordre politique, présente une corporation d'autant plus dangereuse, qu'elle agit invisiblement, insensiblement, ne s'attache qu'aux parties délicates et irritables de la société, et règne par une influence si singulière, que les moyens mêmes employés pour la détruire, ne font que la fortifier davantage. Au retour du gouvernement royal, l'orgueil et la vengeance des nobles humiliés par la gloire *roturière*, ou dépossédés par les conséquences d'une révolution, que leur opiniâtre résistance rendit si terrible, s'emparèrent du clergé; et le plaçant entre ses nouveaux devoirs et ses anciennes affections, ils l'exposèrent à dévier de tous les principes. Quel était le but de cette odieuse manœuvre? Les émigrés se flattaient de parvenir à dépouiller les propriétaires des biens nationaux, quoique les ventes eussent été ordonnées par une longue suite de lois, quoique ces lois fussent du temps de Louis XVI, et sanctionnées par lui.

Bientôt il fut dérogé sur quelques points importans; ce qui indiqua, ce qui donna même une sorte d'assurance que l'ancienne législation serait successivement détruite.

Avec ce premier point d'appui, les émigrés regardèrent comme leur principal moyen celui de présenter les acquéreurs de biens nationaux comme des spoliateurs, et de chercher, sous ce rapport, à troubler les consciences : ce moyen dépendait principalement de la part que le clergé voudrait y prendre ; les curés et les desservans furent circonvenus par les promesses les plus flatteuses.

On chercha surtout à leur persuader que la rentrée du clergé dans ses biens serait la suite du succès des émigrés. Malheureusement un grand nombre de prêtres ont cru à ce nouvel ordre de choses, et ont méconnu la règle de conscience confirmée par les déclarations mêmes du Pape, portant que les acquéreurs ne devaient point être troublés dans leurs propriétés. La Charte du Roi en garantissait également la jouissance ; mais les prêtres furent séduits par la perspective de leur ancienne richesse.

Les principes religieux n'ont pu les contenir ; ils ont été entraînés par une perfide impulsion. Ils n'ont pas senti qu'ils allaient encourir la haine de tous les paroissiens propriétaires, par eux-mêmes ou par leur famille, de biens nationaux : ils se sont trouvés ainsi engagés à prendre une part active et coupable au mouvement politique. Mais bientôt ils sont devenus, à ce titre, odieux non-seulement aux acquéreurs de domaines nationaux, mais encore à tous les militaires que le sentiment de la gloire tenait attachés à Votre Majesté. Cependant ceux qui sacrifiaient ainsi le clergé, n'obtenaient rien pour lui du gouvernement royal; et sa position, loin de s'améliorer, devenait de plus en plus fâcheuse. Non-seulement les desservans n'ont reçu de ce gouvernement aucune augmentation de traitement, mais encore la plupart des communes, indisposées, ont cessé d'accorder des supplémens dont ils ont le plus grand besoin. Un décret du 15 mars 1814 avait attribué une indemnité de 150 fr. au desservant qui, à défaut de prêtre, faisait le service des deux paroisses: cette indemnité a été portée, par ordonnance du 6 novembre suivant, à 200 francs; et c'est la seule occasion où le gouvernement royal se soit occupé du clergé. Mais aucune partie de ce supplément n'étant encore acquittée, j'ai l'honneur de proposer à Votre Majesté un projet de décret qui maintienne cette indemnité, et en ordonne, sur-le-champ, le paiement intégral, auquel sera cumulé l'arrérage.

Paris, 26 avril 1815.

LETTRE XXIXe.

Un abus coupable et effrayant existe depuis trop long-temps dans l'administration de la poste aux lettres: c'est un bureau particulier, isolé de toute dépendance, dégagé de toute hiérarchie, et que ne retient le frein salutaire d'aucune responsabilité. Ce bureau, formé par trois personnes inconnues les unes aux autres, et qui ne communiquent entre elles que rarement, a pour unique fonction de décacheter et d'examiner les dépêches suspectes. Il ne correspond directement qu'avec le ministre des affaires étrangères, et quelquefois avec le chef du gouvernement, quand le prince le juge nécessaire. Avant de prononcer contre cette abominable institution l'anathême qu'elle mérite, et par sa nature, et par ses formes mystérieuses, et par son illégitime objet, je me plais à rendre, de la probité, de la modération, de la discrétion, de la délicatesse, de l'incorruptibilité de ceux qui l'occupent, le témoignage le plus solennel et le plus mérité. Je crois faire de ces honnêtes gens l'éloge dont ils sont dignes, en ajoutant qu'ils ne sont pas faits pour exercer un tel emploi. Quelles sont, en effet, leurs fonctions? de pénétrer, par la voie même qui devrait les rendre impénétrables, dans la confiance, dans la pensée de leurs concitoyens; de s'emparer de leurs secrets, et de livrer les uns et les autres à une surveillance essentiellement ombrageuse. Dors sur la foi d'un sceau que la civilisation rendit sacré! dors, malheureux, qui, sur un papier qu'il dut croire discret, épanchas tes peines, tes projets, tes opinions! Demain, l'autorité, qui déjà te soupçonne, t'arrêtera, te fera peut-être punir comme coupable!.... C'est pour la conquête de la liberté que vous reparaissez parmi nous, Sire; vous ne souffrirez pas la continuation d'un abus qui l'outrage et la détruit. Je demande, avec la suppression du bureau secret, que la publicité donnée à cet acte de haute justice politique, ramène dans les cœurs et dans les pensées la confiance et la sécurité.

Paris, 27 avril 1815.

LETTRE XXXe.

Chaque jour, Sire, voit aplanir les difficultés qui s'étaient élevées entre le gouvernement de Votre Majesté et celui du Prince temporel de Rome. Les négociations de Rome, de Savone et de Fontainebleau, ont solennellement manifesté que le terme de ces obstacles était dans l'intention, dans le vœu, dans la volonté de l'Empereur. Les circonstances permettent d'ajouter que ce terme est aussi dans son pouvoir.

Le clergé se flattait que, sous le gouvernement royal, les deux autorités s'entendraient facilement ; mais quelques évêques non démissionnaires avaient résolu de troubler, par suite de leur insoumission au Pape, et pour leur intérêt particulier, l'Eglise de France. Ils ont osé proposer de rejeter le Concordat, que le Saint-Père regarde, au contraire, comme le plus grand service qu'il ait pu, de concert avec Votre Majesté, rendre à la religion et à l'église de France. Il en est résulté que les négociations engagées avec la cour de Rome, loin de présenter une issue favorable et prochaine, rendait presqu'inévitables de très-longues discussions d'un autre genre et non moins fâcheuses. Si donc l'on peut espérer un prompt et heureux rétablissement de la paix de l'Eglise, c'est depuis le retour de Votre Majesté, qui, n'ayant plus avec le Pape les mêmes intérêts temporels et politiques à discuter, et n'ayant jamais voulu, quant aux matières ecclésiastiques, s'écarter du droit public que les deux autorités ont toujours reconnues en France, doit se flatter que de nouvelles démarches auprès de Sa Sainteté, et le desir qu'elles auront l'une et l'autre de mettre une prompte fin à ces troubles malheureux, ne tarderont pas de rendre à l'Eglise le calme qui lui est nécessaire.

Fondé sur ces principes, et dans l'espoir qu'ils seront entendus par ceux qui ont tant d'intérêt à les rétablir ou à les conserver, je propose à Votre Majesté de faire parvenir à

Sa Sainteté une déclaration officielle qui lui fasse connaître les intentions paternelles de Votre Majesté, relativement à l'Eglise de France, et ses dispositions pacifiques à l'égard du chef auguste de l'Eglise universelle.

Paris, 28 avril 1815.

LETTRE XXXIe.

Avant de soumettre aux Chambres le tableau de la situation de l'empire, tableau dans lequel doivent entrer, comme parties intégrantes et capitales, celui du commerce et des manufactures, permettez, Sire, que je place sous les yeux de Votre Majesté une esquisse de ce dernier. En la traçant, je ne ferai que reproduire des notions qui vous sont connues, et des idées qui vous sont familières; mais je ne reproduis les unes et les autres que pour provoquer, sur plusieurs points que votre sagacité saisira, les lumières de votre génie et les décisions de votre autorité.

La France a l'avantage inappréciable d'être à la fois agricole et manufacturière : à l'exception du coton, les produits de son sol fournissent à ses manufactures, la presque totalité des matières premières qui leur sont nécessaires.

La France est du petit nombre de ces nations privilégiées qui peuvent, pour ainsi dire, se suffire à elles mêmes : l'agriculture lui fournit abondamment ce qui est nécessaire à la subsistance de ses habitans ; et les manufactures versent dans la consommation tout ce que le luxe du riche et les besoins du peuple peuvent désirer.

La nature avait donc tout préparé pour la prospérité de la France ; mais des institutions dont l'origine remonte aux premiers temps de la civilisation, ont contrarié de tout temps le développement de ces heureuses dispositions. Les droits féodaux, la dîme, les corvées, les réglemens, l'abjection dans laquelle on retenait l'homme utile et industrieux, sont tout autant de fléaux qui pesaient sur le peuple, et étouffaient les efforts de l'industrie.

Notre révolution, tant calomniée, a pu seule briser tous ces obstacles, et rétablir l'agriculteur, le manufacturier, le commerçant, au degré de considération que méritent leurs utiles travaux.

Si Votre Majesté compare l'état des arts avant la révolution, à ce qu'ils sont aujourd'hui, elle sera étonnée du degré de perfection où ils sont parvenus.

Jadis tributaires de l'étranger pour la plupart de nos produits, étrangers à presque tous les marchés de l'Europe pour l'infériorité de notre fabrication, nous pouvons aujourd'hui concourir, avec avantage, avec les pays où les arts sont les plus parfaits.

Le peu de temps que l'Angleterre jalouse nous a laissé pour faire connaître nos produits, l'a convaincue de notre supériorité dans presque tous les genres d'industrie ; et c'est pour nous replonger dans l'état de dépendance où elle nous avait laissé en 1789, c'est pour conserver le monopole du commerce, qu'elle cherche à susciter une guerre injuste dont tous les fléaux retomberont sur elle.

La seule crainte de la guerre influe déjà singulièrement sur le sort de nos fabriques : elles ne travaillent guère que pour la consommaton intérieure, qui, dans des temps de crise, diminue même sensiblement.

Tout ce que peut faire l'administration en ce moment, c'est de conserver ce qui est acquis, et de préparer des améliorations pour l'avenir. Dans le système d'amélioration que fait le gouvernement, il s'est proposé de procurer à la France les branches d'industrie qui nous manquent, et de perfectionner celles que nous possédons : de ce nombre sont la fabrication des aciers fondus, la filature de coton dans les numéros les plus élevés, le perfectionnement des mécaniques propres à filer le lin, le chanvre et la laine ; l'amélioration et la simplicité dans la construction des machines à vapeur ; la fabrication des aiguilles à coudre, etc.

Des préjugés avaient fait regarder la fabrication du sucre de betterave comme l'une de ces productions qui, si elles donnent des résultats de quelqu'intérêt pour la science, n'en ont aucun pour le commerce ; aujourd'hui il n'existe plus de doute sur les avantages qu'elle procure. Depuis l'ouverture de nos ports et l'extrême réduction des droits sur l'importation du sucre de canne, plusieurs établissemens se sont avantageusement soutenus, et la fabrication qui se perfectionne tous les jours, ne permet pas de douter que cette branche d'industrie qui présente de si grands avantages pour l'agriculture, ne s'établisse d'une manière stable, et n'affranchisse bientôt, pour cet objet, l'Europe du Nouveau-Monde. Il en est de même de l'indigo-pastel, dont la fabrication n'est pas aussi avancée, mais dont néanmoins il y a des établissemens qui ont résisté à la concurrence de l'indigo des Indes. Le gouvernement s'occupe, avec le plus grand soin, de nationaliser ces deux branches de l'industrie.

Nos fabriques de soude factice ont obtenu tous les résultats qu'on devait attendre de l'état actuel de la chimie : elles fournissent à tous les besoins, on les approprie à tous les usages ; et la France n'est plus tributaire de l'étranger pour ce produit.

Nos mécaniques pour la filature, le tissage et les apprêts se multiplient et se perfectionnent tous les jours.

Les ateliers de construction rivalisent de perfection dans leurs ouvrages, et la concurrence de leurs produits en a fait baisser le prix à tel point qu'on a pu les introduire dans les fabriques les moins importantes.

Une nouvelle machine née en France, et déjà adoptée en Angleterre, pour la fabrication du papier, vient d'être reportée dans son pays natal : cette machine a l'avantage sur les procédés connus de faire des feuilles ou pièces de papier d'une longueur indéterminée, sur une largeur de quatre à cinq pieds ; l'économie pour la main-d'œuvre est d'un à quinze.

Je ne dois pas passer sous silence le procédé par lequel M. Darcet vient d'ajouter à la masse alimentaire, en retirant des os une nourriture aussi saine qu'abondante et économique : déjà cinq des plus grands hospices de Paris sont nourris par cet établissement. Tous les autres vont l'être incessamment, et l'économie est assez considérable pour que l'administration ait pu améliorer le sort des malades, et leur donner, sans augmenter la dépense primitive, de l'excellente volaille plusieurs jours de la semaine. Des établissemens semblables peuvent être formés dans toutes les grandes villes de l'empire (1).

Paris, 30 avril 1815.

---

(1) Pour prendre de l'activité française une idée exacte et détaillée, voyez l'utile ouvrage du comte Chaptal, intitulé : *De l'Industrie.*

LETTRE XXXIIe. (*).

Sire,

Le ministre de la guerre et moi soumettons à Votre Majesté quelques questions dont la solution appartiendrait à son expérience militaire, quand elle ne serait pas réservée à sa suprême autorité.

1°. En cas d'invasion, les autorités (et quelles autorités) peuvent-elles se renfermer dans les places?

2°. Y a-t-il des places où elles *le doivent?*

3°. Dans quel sens cette détermination peut-elle s'étendre aux sous-préfets?

(*) Par deux lettres (7 mai et 11 juin), Napoléon décida,

1°. Que les préfets ne doivent jamais se laisser enfermer dans les places;

4°. Les maires, adjoints, employés, peuvent-ils y être jamais compris ?

5°. Que doivent faire les tribunaux, en cas d'invasion, de siége ou de blocus ?

Paris, 2 mai 1815.

2°. Que celles de Strasbourg, Lille, Besançon et Metz sont exceptées de cette mesure ;

3°. Que les sous-préfets qui ont leur domicile dans des places fortes dont la population est de plus de 8,000 ames, peuvent y rester ;

4°. Que les maires, adjoints et employés, suivent dans ces mesures le mouvement de l'administration générale ;

5°. Qu'en cas d'occupation simple, les juges doivent continuer de rendre la justice par les lois établies et au nom du souverain légitime ; qu'en cas d'occupation sous l'autorité et au nom d'une puissance étrangère, ils doivent continuer l'administration de la justice, toutes protestations faites et réserves préalables ; qu'au cas seul qu'on leur impose de nouvelles lois, ils doivent cesser leurs fonctions et protester contre la violence. (*Correspondance de Napoléon*, p. 112.)

LETTRE XXXIIIe.

Je présenterai à l'Empereur un bordereau purement statistique de l'instruction publique en France, à l'époque actuelle, me réservant de lui en offrir bientôt le tableau politique et moral.

L'Université, ébranlée depuis un an, se replace peu à peu sur sa première base : tous ses établissemens se remettent successivement en pleine activité.

Le nombre des établissemens étant réduit, les élèves sont nécessairement moins nombreux que les années précédentes ; cependant leur nombre n'a pas diminué dans la même proportion que celui des établissemens.

L'Université ne renferme plus que vingt-six Académies. Elle compte cinquante-deux Facultés, dont

7 de Théologie,
9 de Droit,
3 de Médecine,
10 des Sciences,
23 des Lettres,
36 Lycées,
368 Colléges,
41 Ecoles secondaires ecclésiastiques,
1,255 tant institutions que pensions,
22,348 Ecoles primaires.

Six mille trois cent vingt-neuf étudians suivant les cours des Facultés, les deux tiers au moins appartiennent toujours au Droit et à la Médecine, ci................ 6,329

Le nombre des élèves des Lycées s'élève à neuf mille, tant boursiers que pensionnaires et externes. ci.. 9,000

Celui des élèves des Colléges, à.. 28,000

Celui des élèves des Ecoles secondaires ecclésiastiques, à......... 5,233

Celui des élèves des institutions et pensions, à.................. 39,623

Celui des élèves des Ecoles primaires, à.................... 737,369

TOTAL.......... 825,554

L'Ecole normale suit avec persévérance le but pour lequel elle a été instituée : elle compte en ce moment soixante-dix élèves.

C'est de là que l'Université doit tirer des sujets pour remplir les chaires des colléges, et les places d'agrégés et de maîtres d'étude dans les lycées : ces jeunes gens sont l'espoir du corps enseignant.

L'enthousiasme que les élèves font éclater dans les lycées est admirable : les sentimens qui les animent ont été comprimés, il est vrai, mais ils n'en ont acquis que plus d'ardeur.

Paris, 9 mai 1815.

LETTRE XXXIVe.

En me conformant aux ordres de l'Empereur, qui, au milieu des préparatifs d'une guerre imminente, ne perd pas de vue les sources qui doivent en réparer les dommages éventuels, je voudrais ne pas me borner à des données sommaires, à des points de vue généraux; mais le temps me presse, les matières s'accumulent, et Votre Majesté veut tout reconnaître, pour tout apprécier. Toutefois, du sommet où l'ont placé sont génie et son autorité, elle n'a besoin que de jeter un regard sur chaque objet, pour l'explorer, un coup-d'œil, pour ainsi dire, circulaire sur tous, et qui en embrasse l'ensemble. Il me suffira donc de lui exposer ainsi la situation du commerce, pour que, dans cette perspective du présent, l'Empereur pressente et détermine l'avenir.

L'incertitude résultante de la situation politique de l'Europe, dans le moment actuel, a dû nécessairement ralentir, en France comme chez toutes les nations, les spéculations du commerce; mais cet état de choses ne peut être que momentané. L'intérêt et le besoin réciproques des communications et des échanges entre tous les peuples, auront bientôt rendu, aux rapports commerciaux qui les lient, l'activité et l'étendue dont ils sont susceptibles. Votre Majesté, qui est disposée à faire, pour la paix, tous les sacrifices qui sont compatibles avec l'honneur et l'intérêt de la nation, hâtera cette époque heureuse par tous les moyens qui sont en son pouvoir. Alors, quel vaste champ s'ouvrira pour notre commerce, soit dans les expéditions que nous destinerons aux Etats-Unis d'Amérique, nos anciens alliés, et au royaume du Brésil, nouvellement offert aux spéculations du commerce européen? Aux Etats-Unis, au Brésil, nous aurons, pour ainsi dire, à créer de nouveaux rapports, à conquérir le goût du consommateur pour les produits nombreux et variés de notre industrie. Dans l'un et l'autre de ces pays, nous trouverons à composer des retours avantageux en matières premières, aliment de nos plus importantes manufactures.

Au Levant et en Barbarie, la guerre la plus opiniâtre n'a pu nous faire perdre entièrement l'espèce de prépondérance que le commerce français y avait anciennement acquise ; et les habitans de ces pays soupirent après le moment qui doit voir se rétablir tous leurs liens d'amitié et de commerce. L'Italie, privée depuis long-temps de ses relations commerciales, rapprochée plus intimement, saisira avec ardeur les premières occasions qui lui seront offertes pour satisfaire ses besoins, en s'approvisionnant des produits agricoles ou industriels, dont quinze années de jouissances antérieures lui ont fait contracter le goût et l'habitude.

Vers le nord de l'Europe, mêmes besoins, mêmes intérêts se font sentir pour rendre aux opérations du commerce, au travail des classes nombreuses de la société, la sécurité qui leur est si nécessaire, et que la force naturelle des choses doit ramener inévitablement un peu plus tôt ou un peu plus tard.

En attendant l'époque où pourront se réaliser des espérances d'autant mieux fondées qu'elles sont respectivement partagées par tous les peuples, l'administration étudie, discute et prépare en France les mesures qui doivent diriger et protéger le commerce tant à l'intérieur qu'à l'extérieur. Déjà il a ressenti les heureux effets de sa bienveillante sollicitude dans cette disposition libérale qui, pour la première fois depuis vingt-cinq ans, appelle la propriété commerciale et industrielle à nommer ses représentans au Corps législatif. Ainsi, désormais les véritables intérêts de ces deux sources de la richesse publique, seront discutés dans le sein même de la représentation nationale, par des commerçans et des manufacturiers distingués, que leurs lumières et la confiance de leurs concitoyens auront investis de ces fonctions honorables. Ce premier pas vers une amélioration sensible dans l'administration du commerce et de l'industrie, fait assez pressentir toute la considération qui s'attachera, par la suite, à l'exercice de ces professions utiles, trop négligées peut-être par les anciens gouvernemens, pour qu'elles s'apprécíassent elles-mêmes à leur véritable valeur.

La révision de quelques articles du Code de commerce, que l'expérience a fait juger susceptibles d'être modifiés ; la refonte d'un tarif des douanes, sagement approprié à nos besoins, et calculé dans le double intérêt de nos importations et de nos exportations ; l'examen approfondi des grandes questions commerciales de franchise, d'entrepôt, de transit ; la protection due à notre marine et à notre navigation marchande ; l'encouragement des pêches lointaines et sur nos côtes ; toutes ces matières importantes, d'abord méditées de concert entre le gouvernement et les chambres de commerce, s'accroîtront encore, à la tribune publique, de tout l'intérêt qui naîtrait d'une discussion appuyée sur la connaissance exacte des faits et des localités.

Paris, 13 mai 1815.

FIN DE LA CORRESPONDANCE.

www.ingramcontent.com/pod-product-compliance
Ingram Content Group UK Ltd.
Pitfield, Milton Keynes, MK11 3LW, UK
UKHW020318180726
13839UKWH00001B/489

9 782329 475868